明室

Lucida

照亮阅读的人

老头我，
负责
收拾一切

［日］泽野公 著　小蛮 译

北京联合出版公司
Beijing United Publishing Co.,Ltd.

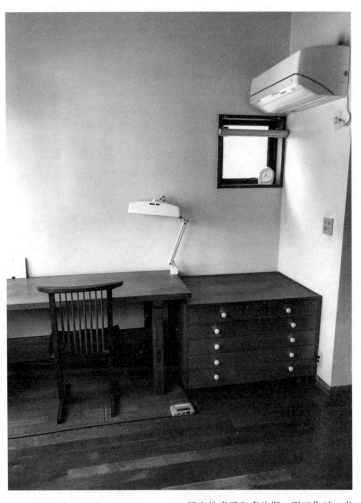

画室的桌子和多斗橱。不工作时，书和文具类一概不放，保持空置状态。抽屉里摆放着画材、笔记用具和各类纸张。

工作时的桌面。铺满各种文件、笔记用具、便笺和参考资料。时而写文章，时而作画，即便是同一张桌子，也有着多样的表情。为此，每次工作完，收走桌上的全部物件，是不可或缺的工作流程。

（上）画室内的盥洗台。除了小摆件，什么都不放。作画要用水调色时，它能派上用场。（左）书架。因藏书繁多，可把那些需反复阅读的书籍置于书桌旁的书架上。书与书之间留出空隙，便于取放。（右）蝶形折叠桌上摊开的手稿。在同时阅览多份材料推进写作时，将桌子展开到最大尺寸使用。

厨房。将水槽的尺寸设计得足够大。
从餐前的准备到烹饪、锅碗瓢盆的洗
刷，可一边与家人愉快地闲谈一边干
活，这里是家庭的主会场。

前言

　　年轻时，我特别喜欢把屋子塞满东西。唱片、吉他、相机、登山装备、书籍、画材和新文具。下班回家的途中，碰到可心的玩意儿，一时心血来潮，哪怕价格小贵也照买不误。

　　时光荏苒，当意识到自己徒增岁月之时，对这种被物品围困的人生状态渐渐心生厌烦。"想更自由"，这一刻的我，开始向不为外物所累的生活方式转变。年轻那会儿，总以为能购买自己喜欢的东西才是自由，真是不可思议。

　　岁增则物溢。待东西多到不得不收拾时，人又拖延起来，从"差不多该收拾一下了"变成"今年收拾一下吧"，没多久，又变成"到死为止能收拾好就不错"。当初因心仪而买回来的物件，纠缠着许多人生的过往回忆，愈发难以处置。一不留神，它们就占领房间的各个角落，赖着不肯走了。

如此一来，明明是为满足自己的喜好而购置的物品，到头来却成了蚕食自己居住空间的杀手。为使这种状况不超过可容忍的限度，从年轻时起，我始终坚持打扫和整理。如今，活到了这把年纪，可以说，这种不懈的坚持堪称老头我自身闪耀的一道光。当断则断——剔除那些不必要的物件，让自己的生活场域变得清爽——这样的决断力和行动力，正是老头我的看家本领。

心情黯淡时，收拾是最好的治愈良方。打扫房间、活动身体，若能发现些整理妙招，思考方式为之一变，心情自会焕然一新。

处理掉那些不再使用的冗余之物，房间变得更加敞亮，心情也随之明朗起来。扔东西的瞬间，会产生一丝犹疑，可一旦扔掉，简直是内心欢畅。就连当初到底为什么犹豫都已忘记，顿时重新萌生出生活的勇气。

　　二〇二〇年，新型冠状病毒的暴发及其在世界的大流行，威胁着每一个人的生命，令人始料未及。在日本，一月确认了第一批感染者；随后四月，政府颁布紧急事态宣言。从那时起，我们便开始了减少外出、自我约束的生活。

　　口罩、除菌用品在商铺里失了踪影，人与人的接触也断绝了。截至目前，那些与日常生活相关联的优先顺序全被打乱，我为不能外出欣赏山上盛开的花朵而深感沮丧。

　　最重要的是，我喜欢去海外旅行，眼巴巴的却出不去，这事最难忍。旅行箱呆立在房间一隅，一动不动。我不能贸然只身外出。不管不顾、率性而为的话，等待我的将是被感染的风险和隔离生活，旅行什么的，只能断了念想。

　　而人一旦克制外出、居家生活，便会平生一种家如地球的错觉：购物和娱乐带给人的自由感，以及旅游的兴奋感只能在家中品味，地球竟变得如此狭小。

然而，在这里，却有一场永远不会终结的"旅行"，那就是"收拾"。

家中但凡有人生活，便会产生垃圾，灰尘飞扬也便成为日常。屋里的东西会随着人的走动而位移，放任不管的话，很快就堆积如山。坐视垃圾成堆、物品成山，生活自然无从展开。这像极了出行打包：拖着行李到达目的地，解开大包小包，拿掉其中的非必需品，使其更便于搬运。我们就这样生活在名为"收拾"的旅行中。

去趟家居中心，看到清洁用品专区聚着一堆人。人群中，一老汉正拿着一个小型扫把状的产品仔细研究着。那扫把的手杆可自由伸缩，能打扫到手够不着的架子和天花板角落处的灰尘。确实，灰尘很容易偷偷地钻进拐角多且狭小的角落，赖在那儿不走。

我下意识地跑到老汉跟前，想和他聊聊关于收拾、扫除和扔东西的学问什么的……

　　我这个老头呢，想把旧皮鞋扔掉。曾经宝贝似的相机，也想扔掉。十年前的手机、唱片也想扔掉。还想扔掉帽子和外套。

　　我甚至想把桌子里所有的东西都扔掉，只穿条大裤衩子，漫山遍野地自由奔跑。只在那一刻，老头我才会尽情享受作为一个老头的自由。

　　尽管扔东西会让人一时深感寂寞，但老头我的身心是愉悦的。如同光彩夺目的朝阳，最重要的东西本就该闪闪发光。

　　收拾东西，就是整理心情。

　　利落地打扫干净，好重回那多梦的时节。

　　希望《老头我，负责收拾一切》，能让自己和身边的人都开心幸福。

泽野公

目录

ジジイの片づけ

沢野ひとし

每天做同样的事，养成习惯——早上的十分钟收拾

早起洗完脸，先收拾一下客厅和桌子，就像每天活动身体一样，习惯成自然。

一大早，老头我就开始专注于收拾。之所以如此，是因为人活到这把年纪，痛感早上时间的重要性。作为一天的开始，怎么动起来好呢？可以毫不夸张地说，这个动的方式决定了你的这一天，甚至未来。因此，收拾一下，让身体动起来，权当一天的助跑。厨房水槽里的餐具、昨夜未读完的报纸、孙子来时玩过的玩具、玄关处散落的鞋子，让这些东西"物归原位"，是收拾的核心法则。

每天五点，我准时起床。清晨头脑最清醒。这也是为什么脑科学家总强调，睡个好觉很重要。学者认为，连日过量饮酒实不可取。因为人一喝酒，身体便会为分解酒精而通宵工作，这将导致睡眠严重不足。

睡了个好觉起床后，满脑子首先都是这一天的工

作。不知不觉中，大脑似乎已经策划起来。迄今为止，我一直从事着写写画画的工作，因此会一边想着"不管怎样，先把那个画的构图搞定再说"，一边在每日例行的十分钟收拾中穿插着做广播体操，活动四肢。以放松身体的方式，把昨夜散落在客厅、沙发上的报纸杂志顺手收起来。

一边收拾一边活动身体，也是为了避免意外的肌肉疼痛或扭伤。运动员想要预防受伤，热身运动绝对少不了。老头我若是伤了胳膊或膝盖，别说收拾了，就连去附近散个步都没了可能。兼顾着起床后的活动筋骨，晨起十分钟的收拾可谓一举两得。单是把摊在桌椅上的东西归位，房间就清爽了不少。屋子里杂乱无章，人也没了精气神，烦躁的情绪反倒不断暴涨。

一旦养成早上十分钟的收拾习惯，良好的氛围便会在房间内渐渐地弥散开，让人安稳舒畅。但此刻，绝不能动用新的收纳箱或收纳筐。收纳和收拾分属不同的范畴。集中精力"物归原位"，是晨起收拾的铁则。

　而且,在那一刻,带着稍显冷酷的目光施行"扔掉"的行为,是非常重要的。物归原位时,冷眼静观抽屉里的餐具、出席婚礼时收到的刀叉套装礼盒,扪心自问,是不是每次开抽屉都觉得特别碍事。趁此机会,处理了事。如此一来,抽屉里的东西自然减少,整理起来也异常轻松。摞了好几层的筷子、小勺和汤匙什么的,挤挤挨挨地凑成了一坨。为它们松绑,餐具们的心情也明朗起来,闪闪发光的,用着也方便。

　哪怕只用十分钟,稍稍收拾一下便能腾出新的空间。不过要是原有的位置、地方已被东西塞得满满的,抽屉里跟大相扑竞技场的满员看台似的,想腾挪一下可就没辙了。创造出空间来吧。扔掉东西,正是一种富于成效的创造空间的行动。

　上班族等忙于工作的人,往往一大早就冲出家门,直奔职场。如此认真之人,不妨把早上的"十分钟收拾"安排在下班回家后,或者在自己方便的时间段养成收

拾的习惯，以期习惯成自然。

　　有人习惯一起床就听收音机、看电视、刷手机、读报纸，若在自然灾害发生时尚能理解，可平时也日复一日地浸泡在泛滥的信息海洋中，那就是利少弊多了。人被各种时事类新闻包围，心情有如落叶沉入泥沼，会愈发黯然。

　　收纳箱、衣橱、储藏柜这些地方也有必要逮着机会就打开，如警察在清晨突袭搜查宅邸一样，冷酷地检视一番。我把这一行动命名为"早上的十分钟搜查"。

　　清晨，人的判断力最强，也更沉着、冷静。比如，五年一次都没穿过的外衣，纵然是质高价昂的名牌货，可就那么挂在房间的壁橱里，百无一用。若如此，也只好处理掉。

　　那些塞在透明收纳盒里的各类小册子，其实都是我在中国旅行时特意收集的。我一边嘟哝着"置之死地而后生"这种莫名其妙的话，一边把它们捆起来，以待收纸类垃圾的日子处理掉。一不做二不休，索性

和那些充满回忆的酒店宣传册也挥手别过吧。

然后，拿着空掉的收纳盒，你会再次把心一横：在下一个扔垃圾的日子，把它也扔了吧。

出席婚丧嫁娶的仪式或参加派对，一般两小时是惯例。我觉得，收拾也像时逢盛会，偶尔来一次两个小时的扫除，家中焕然一新，心情也为之一畅。若把早上限定的"十分钟收拾"变成日课，无论是房间还是头脑，都将变得清爽利落。

变换房间的不同区域，每天做一点，使之常态化，也不失为一个好办法。当你打定主意准备处理书籍时，站在书架前，应该是成竹在胸，心境澄明的。

寒舍藏书，楼下有三千二百册，楼上有八百册，总计大约四千册。其中，文库本有六百册，楼下地板上堆着三百五十册。一般说来，一个写作者在不知不觉间，藏书量就能达到三千册左右。而一旦过万，书便会胀满整个墙面，给人一种强烈的压迫感，顿感生

活空间的逼仄。"真想好好归置归置这些书"，这大概是作家们共通的心愿。就算增建居住房间，书也能像阿米巴虫一样见缝插针，潜滋暗长。我有几个朋友，总担心书会把地板压塌，活得提心吊胆的。

当你站在书架前，例行"早上的十分钟收拾"时，面对对峙的书阵，尽可付之以妄自尊大、傲慢蛮横的态度。与书的定价无关，对那些当下已不再需要的书，要敢于痛下杀手，莫徇私情：一本本从书架上抽出，统统堆到地板上就是。

二十年前，我也曾为书架上的书而犯愁。那是一些价格昂贵的山岳类和艺术类书籍，大多带有精美的函套，有些为方便运送，则装在瓦楞纸箱中。一天早上，我抱定从清水寺舞台纵身一跃的大勇，把那些盒子都扔了。要知道，扔掉了外包装，再把这些"裸"书拿到旧书店去的话，与"原装"的相比，旧书商的收购价无异于跳水。

但是，清早的决断，一旦付诸实施决不能手软，纵然对高价的艺术书籍，也是"杀无赦"。于是，书盒、厚质塑料袋、瓦楞纸箱被一一剥除，精美的包装盒散落在地，一片狼藉。虽说那种心情与被深爱的女性甩掉时多少有些类似，寂寥又悲伤，但恋情肯定是一去不回头了。接着，把没了函套的裸书再插回书架，原本挤挤挨挨的书架一下子变得宽裕了，清清爽爽的。更何况书脊上的书名也随之显露出来，一目了然。

要说经由早上十分钟收拾这项"运动"，家中发生了什么变化，那就是书架上到底有哪些家伙，我心里都一清二楚了。屋子的疲惫感，也会同频到老头我的身体上。所以应尽快消解疲劳，把维持家和身体的健康当成日课来完成。

百字专栏 早上的十分钟收拾

别小觑每天这十分钟。清晨起床，心也被重启。神清气爽的感觉，妙极了。

十分钟能干不少事

首先，检视整个房间，将尚未归位的物品归位，把该当垃圾处理的东西扔掉。在通常需耗时打扫之际易被拖延的活计，如清理各类信件、旧报纸，收拾洗手台和卫生间的架子以及塑料袋的分类和处理等，零敲碎打式的十分钟收拾也是很有效的。

使用方便称手的工具

十分钟收拾简单易行，唯其如此，才应使用那些单手就能轻松握住的工具。如小笤帚、抹布、化纤除尘掸之类，高效神速。工具放在触手可及的地方，随取随用，无负担。

每天的坚持很重要

开始时切忌用力过猛。勉强自己的话，身体将内存痛苦记忆。最重要的一点，是每天坚持。早起后，身体会不由自主地动起来，仿佛不收拾一下，便没有起床的实感。如此，养成习惯，人的幸福感倍增。

百字专栏

百字专栏 早上的十分钟搜查

变身搜查官，每月曝光一次真相。以冷酷的视线扫描家中的卫生死角，且一扫而清。

雷厉风行

在开始"搜查"前，须振作精神。往头上箍一道手巾或毛巾，兴许会强化人的判断力。给老头我的时间，仅有十分钟。要冷静区分"必需品"和"非必需品"，绝不掺杂任何情感因素。

以搜查官的目光冷峻面对

"这可是满载回忆之物"——没那回事。即便是回忆，若在身边放置过久，也终将变成无从捡拾的记忆。需以搜查官的果决，冷峻地面对自己的内心。

唯有垃圾才是搜查的战利品

感觉此刻的自己，就是一台决断力的输出装置。十分钟结束战斗，把战利品——打算扔掉的东西——迅速归拢至垃圾袋中，然后拎到一个不显眼的地方。若有垃圾收集区，直接扔去那里更好。搜查结束后，就算喝口白开水，都会感觉是人间美味。

人生若感到不安，窗户擦起来

像我这样上了年纪的老头自不待言，但即便是中年人、青年人，甚至是孩子，我也希望他们在休息日，能从早上就行动起来。起码五点钟起床，静悄悄地洗把脸，整理好床铺，然后轻手蹑脚却坚定有力地把家里的窗户全部打开。

在春夏秋三季，须铭记晨起开窗。这并非所谓"风水说"，而是充分吸收自然界的能量，保持健康，消解疲劳与舒缓压力的传统习俗。

打开窗户，让新鲜空气流入，置换掉先前的浊气，人的身心为之一爽。广播体操结束时，老头我会两眼放光，在心里叨念一句"今天也是元气满满的一天"。窗子开着，阳光洒进来，风和自然光在室内交融，人也备感舒畅。

据说紧闭门窗的房屋坏得快。身体也一样，呼吸不到新鲜空气，老头我立刻打蔫儿，提不起精气神。

有那闲工夫，一天到晚操心存款和养老金，还不如检查一下窗子的周边，然后双手合十，向天祈祷："让我健健康康再活二十年，哪怕十年也好。"

也有那种老头，口头禅似的，张口闭口"睡不着、很疲劳"。多少了解一下他的生活环境，便可知，家中空气滞涩恰是症结所在。只消把窗户全部打开，焦虑不安便瞬间消除，说起来也真是不可思议。

住在超高层塔楼公寓的人或许无法随意开窗，但通风换气的法子总是有的。

窗，关系着我们的未来，可是偏偏有人爱在窗台上摆放杂物。有的人家，把花瓶、熊叼鲑鱼的木雕、濑户陶偶等与窗户全然不沾边的东西摆一长溜，弄得跟土特产店门前的展示窗似的，这其实是人为地阻碍了空气的流通。因为照风水的说法，窗户可是重要的气场入口。

总之，应把那些阻碍开窗关窗的东西悉数处理掉，或是收进纸箱，让它们暂且从视线中消失，眼不见心不烦。

不过说实话，窗帘才是那个最碍事的。偌大一块布飘来荡去，挡住了从窗口进来的新鲜空气；而且稍不留神，就很快成为灰尘、污垢和潮气的温床。因此，我更爱用卷帘窗，小窗的话，干脆就搭上一块挡板来遮光。

窗框和窗格子很容易磨损，所以别嫌麻烦，要勤于检查，以确保窗户开合自如。

有的家庭因窗无法正常开合，便放置不理，导致封闭了重要的空气入口。这无异于失去了一条让空气流动的通道，放走了得来不易的幸福。

窗户的底槽，比想象中更容易积存细碎的落叶和尘土。不妨用小笤帚和吸尘器及时清除垃圾和污垢，再给支撑窗框的滑轮加点机油。如此，人生也将顺风顺水。

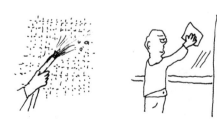

一旦窗槽里积污纳垢，台风袭来之时，雨水便会渗入室内。生活中，不管哪处细节，都大意不得。

在秋日暖晴的日子里，我会从窗户开始，一路将厨房柜子的抽屉、鞋柜、储藏间、壁橱、衣柜、卫生间，外加洗衣机的盖子，凡是能打开的，统统打开，让新鲜空气灌入其中——有时连自个儿都怀疑，做得是不是有点"过"了？

一直开到傍晚，感觉家中的一切都变"轻"了。日本湿气重，门窗终日紧闭、密不透风的话，那种半干不透的霉味就会充溢整个房间，令人生厌。所以，阳光明媚的日子，打开门窗、抽屉，确保通风换气是正经。

雨天，若是小雨，便开窗让外面的空气流入，改善通风。尽管这样做，有时会招来妻子的埋怨："下雨天也开窗，真是……"可我觉得，狂风骤雨天当然得

关门闭户，但小雨时，只要不潲雨，窗开着就是。不谙此道者还真不少。我们夫妻俩虽也没少拌嘴，但婚姻还算美满，这都是因了能开窗换气，对此，我是深信不疑的。

总而言之，老头容易走极端，一天到晚瞎琢磨，"反正来日无多，人生也就这样了""人横竖为钱所困，走投无路是早晚的事""恋情，终究是不会再有了"，尽是些暗黑的小心思。

活在一种对未来含混不清的不安中，却不知如何是好。一如既往，不管不顾地继续喝着小酒，最终也就是拼尽全力成就了一个酒腻子而已。

如果感到不安，就擦窗户吧。清洁窗户，也能起到为心灵除尘的效果。擦玻璃时，可使用从伊香保或热海等温泉地带回的薄毛巾，但最合适不过的，还是旧报纸。

就算有人说，比起晴天，阴天更适合擦窗户。但对烦恼多多的老头我而言，可不想被天气左右，择日不如撞日，动念便是吉日。

我们通常会以为，窗玻璃外侧容易脏。可实际上，内侧往往更脏，这点令人颇感意外。特别是爱抽烟的人家，玻璃窗内侧的脏污程度，令人瞠目。

正因为如此，我擦窗户时会从内侧开始。专业的保洁人员在工作时，会把窗子全部拆下来擦拭。但这种操作方法，对腕力不足的一介衰翁而言，未免过于危险。我还是选择力所能及的方式挑战吧，不必勉强自己。

清洁玻璃窗的工具多种多样。我基本上是双手拿着浸湿的旧报纸，不停地上下擦拭，照着做广播操的节奏来操作，感觉蛮不错。

窗户一脏，心情也随之黯淡无光。反之，窗净玻璃明，老头我的心情也自然放晴，挺直腰杆，恢复活力，自信满满地走向明天。

百字专栏 勿忘擦窗

日复一日，生活在灰蒙蒙的玻璃窗下，心灵也会蒙尘。很想把擦窗户变成每天收拾的日课。

窗户是用来擦的

把旧报纸团成团，用水打湿，然后上下左右挥动，一通猛擦。接着再用干报纸给擦过的玻璃抛光。旧报纸为啥这么好用？因为上边的油墨既能有效地清除污渍，还能增加玻璃的光泽。

让旧报纸成为好伙伴

对玻璃上的一些顽固污渍，我推荐用湿抹布、橡胶刷和旧报纸来清除。其余部位则无须多言，统统交给旧报纸就是。待内侧玻璃擦完，换外侧。窗框内最易藏污纳垢，清理时，可稍微喷点水，或用稀释过的餐具洗涤剂，配合一次性筷子清洁。

不是所有类型的窗户都能出手

二楼伸手够不到的镶窗最是棘手。因伴随一定的危险性，委托专业人士来清洁似比较稳妥，这样可防止坠楼事故的发生。老头我在旅行地的酒店，也曾尝试过擦拭房间的内侧玻璃窗。擦窗之事须视具体情况量力而行，安全第一，方可持续。

老年人更须心怀远志，我们来聊聊抽屉

抽屉是危险之地，写字台、多斗橱和橱柜都伴随着某种险情。明明是为方便使用才存在的抽屉，里边却总是一股脑地塞满东西，挤得就跟傍晚时分的超市停车场似的，动弹不得。

刀、叉、勺等餐具，葡萄酒的开瓶器，还有各色筷子，比荞麦面店的一次性筷子还多。每每打开抽屉，看到满坑满谷的东西，不禁惊觉"得，又该收拾了"。

必须申明，抽屉可不是收纳存储之所。因每天频繁使用，放一些需反复取出放入的东西，才是抽屉的正确使用方式。一开抽屉就被里边的东西卡住，这实在令人恼火，也不利于身心健康。

就算是老头我，也还想健康地多活几年呢。为此，第一步要做的便是整理抽屉。

打扫收拾的基本准则是：先从自己的桌子，自己

的房间开始。贸然闯入他人的地盘，容易引发纷争。就先从拾掇自己的书桌开干吧。试着拉开抽屉，把每天并不常用的东西、非生活必需品立即处理掉，千万别犹豫。

在地板上搁一纸箱，然后，把那些无论如何都难以割舍的物件，暂且归置其中。

圆珠笔、铅笔、用了半本的手账、挖耳勺若干……光是文具和小物就足以把抽屉塞满。扔还是不扔，如果很难做出明确的判断，那就大胆地守住"价格"原则不放手。

看到不再使用的圆珠笔就有几十支，心里不禁盘算起"总共多少钱"，若是"连一千日元也不值"，那就留下一支好用的，不，两支吧，其余的全扔掉。且慢，这支可是凯兰帝，正经的瑞士名牌货……碰到诸如此类的情况，就把自己特别在意的东西挑出来，先搁进"暂且"纸箱。话虽如此，都到了这节骨眼上，对抽屉里的处置对象，原则上应禁用"暂且"。

老头我性子急，一旦决定"好，扔了吧"，便快刀

斩乱麻，行动如风。第一层和第二层的抽屉，眼见着被我追杀到近乎全空的状态。无须想太多，那些已经放置了三年五载的自来水毛笔和墨水，一旦判明已无法使用，就立刻扔掉。

接下来，将空点心盒置于抽屉中，以划定"势力范围"，重新区隔，便于对内容物进行分类管理。

与其把成堆的零钱丢入硬币罐，再把它们积存在抽屉里，不如立刻"集资"，将硬币取出，攒到一处，然后拿到银行或邮局，存进自己的账户。

收拾抽屉不必拘泥于细枝末节，大可粗线条地应对。可虽说如此，咱也不能大意到把车站前免费赠送的广告、纸巾等百无一用之物也塞进去，那可就太不明智了。

就这样，又扔掉好几支圆珠笔，连自个儿都犯起了嘀咕：我怕不是过于冷漠了？然而，总算把抽屉彻底腾空后，像干成了一桩大事，有种超强的满足感。

"只要做，就能成。"老头我又平添了几分生活的自信。

待推进到第三、第四层抽屉时，收拾竟变得快乐起来，人也像在远足，跟着感觉走，处理方式变得愈发大胆。

我一边嘟哝着"两千日元上下的东西，扔就扔了吧""实在不成，用时再买"，一边任性地扔。"真是仗着旅行路上无人识，出丑也不怕，竟连这玩意都买"，说着把在中国买的带镶边的放大镜给扔了，瑞士的环保袋自然也在劫难逃。

就这样，等整理完抽屉，那些觉着弃之可惜、无论如何都难以断舍离的东西就装了一纸箱。当我再次冷眼审视那只"暂且"之箱时，一念间，"这套水彩颜料要不也扔了吧"，干脆利落得连自己都被惊到。到了这份儿上，可就是任凭我处置了。

索性把扔东西的限定金额提升到三千日元左右，收拾的速度显著提升。

抽屉腾空，心情也随之一振，反而会把兴趣转移到购买新的文具上来。若是感觉抽屉用起来费劲，可随时调整布局，让它更便于使用。切记，抽屉的内部空间并非要保持一成不变。

在老头我那直抵天花板的书柜抽屉里，有一捆不能让老伴瞧见的纸包。那是我还没用手机时的一些信件。当时，我在东京都内租了间小小的事务所，信件都是寄到那里去的。寄信人是我在工作中结识的女性，服务于一家专做外国版权书的出版社，人很聪明，英文极佳。当然，她已婚，有个上中学的儿子，丈夫是医生。虽说信的内容都是与工作相关的，但明眼人一眼就能瞅出"问题"来，因为信封上一准贴着纪念邮票。从公司寄出与工作相关的信件，绝少有人会特意使用可爱的纪念邮票。

很长一段时间，我都不知该如何处置这摞信件。读是肯定不会再读了，但扔掉却于心不忍。时光荏苒，

信件的主人因癌症在未满六十岁之际离世。听到消息的那一刻，我感觉胸口像被堵住，竟潸然泪下。那之后，偶尔也会想起她。

能带到另一个世界的，也只有回忆了。

不少人会为难以处置的贺年卡、书信而叹息。的确，信件能如实地反映出那个人的精神气质，甚至是生命状态。

可是，人上了年纪，就必须随时清理自己的身边之物，包括往来书信。没有比人走了，却留下尘封的房间和满抽屉垃圾更叫人羞耻的事了。自身的缺点与人生的失败，尽可由世人笑骂，但我可不想被人指指戳戳：在垃圾住宅里，去了另一个世界。

一个星光点点的冬夜，我拿出她那摞小山般的信笺，闭上眼，像摸扑克牌似的，从中抽出一封。然后，把它放入书桌第五层的抽屉。这个抽屉，是我珍藏最宝贵之物的所在，里面的物品会伴随我直至生命的尽头。

空出最上层的抽屉

书桌顶层的抽屉，应保持空置状态。我把这里当作紧急避难所。比如，在"明天一大早，须急赴高松采访"时，除了准备旅行包，出发前一天，把采访用的笔记本、钱包、手机、机票等，一并放入"避难"抽屉中。

为什么不一开始就装进提包或随身挎包呢？假设衣物和洗漱用品都已塞进包内，出发的准备已然就绪。此刻，猛地想起与高松有关的书籍，便将其从书架中抽出，暂且放在书桌最上层的抽屉里。这样做，若在临出发时，转念一想"书太沉，要不算了吧"，就不会出现吭哧吭哧地把它从包里倒腾出来，重新整理提包的情况了。

空置顶层抽屉的习惯，我已经保持了几十年。多亏了这习惯，让"上了年纪总爱忘事"的次数大为减少。

如果打算"明天去医院"，就把装着挂号证、保险证、药物手册这套东西的透明塑料袋放到那个抽屉里。

然后，把老花镜也搁进去。

虽说每个抽屉事先都经过了粗略的整理分类，但事到临头，只有按照当下的具体行动，通过了"选拔测试"的物件，才有资格放入"避难"抽屉。事情一旦办完，物品须归还原位。

外出回家时，先把衣袋里所有的零七八碎倒入空抽屉，钱包、手表，包括塞在包里的居酒屋小票和出租车发票，全都搁进去。接下来，把各类票据归档至下个月份的文件整理夹，这样才能稳稳当当地度过舒适的每一天。

别小觑这个空抽屉，它简直就是个智慧之箱。从感兴趣的剪报，到冷不丁想起并从书架上取出的书籍，以及出版社寄来的尚未拆封的杂志、信函，或者银行转账单等，都可以暂存于此。待自己稍微踏实些、腾出工夫的时候，再处理那些没用的楼盘广告、文件资

料也无妨。总之,这个抽屉相当于一个临时保管所,其中一些毫无保留价值的东西,扔掉也不可惜。

不仅是抽屉,书架最好也空出一部分来。给我出这个点子的人,是一个藏书逾三万册的作家。如果把他在职场和家里的书加起来,藏书量想必更惊人。

这位朋友会在书架的最右侧、触手可及的地方,预留一块空间。然后把新近购入的书籍和后续工作大概需要用到的书暂存于此,等稿子一完成,书即刻放回原位。

我的藏书,基本上保持在四千册左右。一旦超过这个量,我就会"开闸泄洪",要么拿去旧书店,要么送给友人。

因本人以画画为生,大开本美术书和摄影集总会不断增加。屡屡前往中国旅游,购回的那些中国画集、美术图册,尺寸之大超乎想象。这些动辄跟报纸般大小的画册,到底放在哪里好呢,我时感烦恼。结果,

往往是用木板一夹，立在墙边。

据说给书架一角辟出空间，工作效率将会大大提升。听闻此言，我也立即付诸行动。这些微不足道的改良，确实方便又实用。

我的房间有个大号工作台，工作台的旁边有个与之相配的书架，书架的最右侧，腾出了约三十厘米宽的空间，平常就让它空着。当我想到某些可能会用到的资料书时，就暂且放在那里。

就这样，仅靠空置抽屉和预留书架空间这两点，我便在不知不觉间掌握了整理的技能。

我每天早上五点钟起床，洗过衣物，收拾完房间，便进入工作状态。都说早晨是一天中头脑最清醒的时段，到了傍晚和夜间，身心疲惫，就连学习的热情与脑力也荡然无存。对像我这样脑筋原本就不大灵光的人而言，清晨无疑是最佳的作战时机。

工作时，如果还在书架周围和抽屉里东寻西找，效率自然大大降低。早晨到中午这段时间，对我来说

是决定性的，不能把时间花在找东西上，更没工夫四处闲晃。

虽说也知道地板上不能放东西，但目前仍有三百五十册书堆在那里，满地的书无"架"可归。我何尝不懂"暂且放在地板上"，就意味着收拾的失败。可书架挤得如同满员电车，也只好让它们停靠在地板这个站台上，除了忍，没啥招儿。

为桌子的抽屉、书架或药箱等处预留空间，是非常重要的。旅行箱也如此，若从出发伊始就塞得一点空隙都没有，那连旅行本身也将变得局促不安。

清理整顿何尝不是如此，如果做过了头，不但乏善可陈，甚至会令人感到窒息。只有不断地创造出余裕的空间，方可造就豁达之人。

书籍也好、唱片也罢，和饭菜一样，新鲜的最好。人一旦对哪个作品或音乐感到兴味索然，便会与之保持距离，然后去挖掘、寻找新东西。常保一份好奇心，才能让心情得以不断更新。所以，不要对"处理"心生恐惧。

就这样，预留出抽屉、书架的部分空间，便足以让老头我怠惰的身体和头脑活泛起来，而这却是人人都可以做到的事。

留空间，实际上就是留气场。空气一旦在场中动起来，便会邀请人做出活力四射的行动。

就像无论有多少个收纳箱，东西也还是收拾不利落一样，抽屉塞得过满，心情就不可能放晴。若想让心灵也能感受秋日晴空般的清爽，就从空出抽屉和书架开始吧。

百字专栏 **抽屉的使用法**

老头我的 收纳法

要知道，抽屉是需反复推拉之所，装得过饱和，心也会受伤。

抽屉就是要能随时拉开

如果发现抽屉拉不开，那就得马上检查一下里边。毕竟，抽屉是为"打开"而存在的。不妨用空点心盒来区隔各类小物。老头我总想把不愿示人的小秘密，藏在抽屉的最深处。

抽屉需精心呵护

抽屉内最好只放经常使用的东西，旧夹子、老橡皮筋之类的统统扔掉。然后，把那些本想藏于深处的东西搁在最外边，敞开心扉。在反复推拉之际，无所遮掩，心与物自会闪闪发光。

全靠分类也不行

有效使用抽屉的秘诀，是不要让分类成为人生的追求。总之，最上层的抽屉一定要空出来。其他抽屉若能保持有所空余的状态，则最为理想。抽屉总被强力拉来推去，容易受损伤，可勤用木工黏合剂修理。

用白开水取代茶

百字专栏

茶壶也得收拾。

喝白开水好爽啊。爱上白开水后，终结了买茶叶的积习。居然能有如此意想不到的收拾。

有增无减是茶叶

餐具柜里有好多茶叶罐、咖啡罐，挤挤挨挨的。这个也好那个也罢，无一不是过往几年间，我在中国各地旅行时的收获，罐装的、袋装的茶叶，积攒了一堆。虽说有时也会作为小礼物送人，可数量上到底有增无减。

茶的替代饮品

正苦恼时，我读到一本医生写的书，最终下定了决心。书名为《白开水保健康》，说比起茶来，白开水才是最棒的。根本没必要讲究用什么铁壶，普通的烧水壶、电热水瓶、保温杯等足矣。身体被清洁的感觉，倍儿爽。

有一种收拾叫切换

戒酒戒茶，伴着白开水度日，能体味到一种仙人般的心境，神清气爽。持续喝白开水，感到虽置身于现代文明，却远离尘器，仿佛在山林中呼吸。对居家收拾的人来说，这种心态不可或缺。

收拾也是一汁一菜

翻开土井善晴的料理书，就觉得踏实。这本《一汁一菜就好》，告诉我们何谓料理的出发点。

我不禁忆起母亲的餐桌来。虽说菜品有限，但大口吃着刚出锅的白米饭，边吹边喝冒着热气的味噌汤，是无上的幸福时光。不必讲究，每天的饭菜简简单单就好。可以说，料理的精髓在这本书中得到了完美的呈现。

收拾的出发点也一样，完全没必要把房间弄得像室内装潢杂志上那样。一只多斗橱、一张桌子、一间屋、一面壁柜，将这些收拾得清清爽爽，现阶段就足够了。

把家里收拾到清洁如新，美到极致，这事除了那种特别爱收拾的人，普通人很难做到。

原因在于，生活无非是过日子，唯有每天整理不懈怠，方为收拾之本。收拾的目的不在收拾本身，而

是为了舒适地生活。

出现在建筑或室内装潢杂志上的家和房间，总被收拾得整齐有序。可以说，那是为了在杂志上发表而采取的一种特殊的呈现方式。花瓶摆放得装模作样，透出编辑在排版时的良苦用心。建筑师设计的家，不用说，一定得配上几把北欧风的椅子。而如何把室内拍摄得光鲜有排场，能看出摄影师为此没少伤脑筋……这类房子着实不少。相反，明明是窄小逼仄的厨房，他们却偏偏热衷于使用广角镜头，执意把它打造成一个"简约、舒适的空间"。

这令看到的人不由得赞叹："好有品，我要是能有这样的家该多好。"殊不知，这一切其实都是表演，不过是为了让人读杂志而已。专业人士的工作，可真够厉害的。

说到专业人士，若有家装设计师参与拍摄，他会特意带来应季的盆花，然后不动声色地把它摆在窗边。

仅此一项，便能让生活的幸福指数陡增。

于是，房间就变成了这样：室内陈设简直就像职业鉴赏家从精品店严选淘来，再加以精心布置的结果。

每日例行收拾的目的，绝非为了吸引他人艳羡的目光，更不是为了"秀"幸福，而是为了让自己舒适惬意、康健和美地活着而操持的一份"慎独"的日课。

看着电视烹饪节目，我也曾在家勉力尝试过做台湾风味的猪肉料理，可怎么都做不出那种美味，这令人颇感意外。虽然学过一些料理法，但因备起食材来相当费时，结果未及付诸实操便已忘得一干二净。对自己学过的料理法和书法，我始终抱有某种疑虑。窃以为，料理法也好，书法也罢，能表现出那个人的特色就不赖，无须苛求。

与土井善晴教给我们的料理法同理，扫除和收拾都应恰如其分，适度才好。

像室内装潢杂志上那种讲排场的房间，并不能让

人感到踏实放松，总觉得哪儿哪儿都不对。更不用说有孩子的家庭，各类玩具会散得满地都是；明明已是暮秋，可夏日里频繁使用的电风扇还那么大模大样地摆着。与其憧憬虚幻、叹息现实，不如对电风扇道声感谢，然后把它擦得干干净净，妥善收好是正经。

视觉上颇具时尚感的厨房在家居杂志上人气不低，但看上去总觉得用起来未必顺手称心。厨房明明是每天必用之所，不知为什么，竟然连放调味料和平底锅等厨具的空间都没有，徒见一张宽幅大照片盈满视野。没有比这种虚有其表的厨房更糟糕的了。

只要生活在继续，物便有增无减，人也会为收拾所累而烦恼叹息。不妨环视一下身边，做一番必要且充分的断舍离，去芜存菁，方为幸福的开始。譬如平底锅，一大一小，两只足矣。

笔记本或手账用到最后一页，自信心倍增

　　说起速写本，我最爱用一种由竹尾公司出品的名为 Dressco 的空白本子，开本是"变形 A5"，长 214 毫米，宽 128 毫米。不但大小和纸质令人满意，安心的触感与其他笔记本或速写本也完全两样。布制封套的手感非常舒适，激发人的创作欲。在此之前，我常把一大一小俩速写本装在包里，可总觉得不太对路子，结果就是不断地"移情别恋"，很少能坚持把本子用到最后一页。

　　手账等笔记工具不能有始有终地用到最后一页，一般是在有了更好的东西，或是那段记录本身中止的时候。不管是哪一种，都难免让人觉得烦心。

　　我不禁自问，究竟还能不能把事做好？

　　一旦心头被这缕阴云所笼罩，那么，无论你做什么，总觉得被其缠绕，挥之不去。

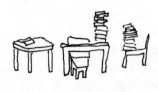

我使用 Dressco 的本子有十年了。迄今为止，用了三十册，每一册都用到最后一页。彩色铅笔的色彩呈现效果颇为理想，原图就那么直接作为插画交付给出版社的时候也不少。

我爱用的彩色铅笔，是二十多年前在东京丸善购买的施德楼（Staedtler）商社的产品，塑料盒六色套装。盒里的彩铅是粗笔杆、三棱柱形，放在桌上也不会滚落。

使用频率最高的蓝绿两色彩铅，后来又补货若干。日常写生和旅行记录至今仍仰仗这个利器。看着彩铅一点点地慢慢变短，让人不禁心生爱怜。

就这样，随着用到最后的东西一点点增多，就会觉得工作自此有盼头，人的自信心也随之倍增。

人一旦拥有了自信，敏锐的决断力也随之而来。今天这里要收拾完，那个架子上的东西必须全部腾空……如此这般，即刻行动的执行力立显。在这种力

量的驱动下，说不定你还能和此前难以割舍的东西断然说再见。

　　说到手账，糟心事也不少。很长一段时间，我都用一种封面封底带口袋的薄款，只可惜能用来记录的页面过少，我其实并不满意。

　　也有不少人用智能手机替代手账记事，可老头我哪有脑力记那么复杂的操作。

　　这几年，手账换成了 B6 开本，结果装不进衣袋，这点也令我颇不爽。手账毕竟是很私人的东西，不大会示人。我的手账更是没法看，就像登山时胡乱扔进帆布包里的东西，用得够糙，不到半年，封皮就会脱落。虽借助装订胶带加固，但因内页随处贴着剪报，还是胀得厚厚的，外边用结实的橡皮筋箍住，看到的人不免目瞪口呆。

　　和书包一样，手账一旦换了大开本，页码增多，

便休想再回到小记事本了。

更何况，以往每年直到十一月左右，来年的新手账才开始出现在书店、文具店的店头。可现在，随时有货，全年无休。"这一款可好用了。怎么样，不试试吗？"本子们好似主动兜售一般，时刻诱惑着你。

我的画家朋友，一直在用某出版社寄来的手账，既无疑虑，也没啥不满。

尽管出版社也给我赠送，且从未懈怠，可我一次也没用过。原因在于，手账透明封套的封面封底不带口袋。而这个口袋既可装名片、票据什么的，日常替代钱夹也方便。没法子，手账等同于钱夹的观念，在我脑子里根深蒂固。

出国的时候，受某种忘乎所以的亢奋感所左右，也买过几次手账，可节假日标记不同，终因不便而弃用。

朋友中也有完全不用手账的人，性格乖僻又偏执，这种空手派的意见倒也无甚参考价值。

相反，那种厚手账也让我觉着麻烦，提不起用的兴致。一打开，圆形大金属环尖锐突出的样子，瞅着就令人心生怖惧。

有人说笔记本、手账这类东西，就算加购新品也不会增加太多开销，不必太介意半途弃用。我却不这么认为。

手账坚持用到最后一页，可养成强韧的意志力，这一点常常超乎人的想象。

暂且忘掉个人好恶，如这个格线的粗细不合适啦，那个纸太厚、颜色也不对呀什么的，姑且一根筋地记下去，付出耐心、消耗页码就是。就这样，到最后一页用完的那一刻，内心会漾满成就感。就跟登山一样，若不登顶，你就无法体验那种极致的清爽感。遇上暴风雪的话自是没办法，但说什么太累了，便从即将登顶的九合目下山，那才叫败北。

这是什么？

这是秘窟

说到努着劲把笔记本用到最后一页的那种成就感，与之相对的，是老头我无论花多少时间都无法掌握外语的挫败感。上了年纪的人学哪门子外语？这些年来，就算总被泼冷水，我也还在跟跟跄跄地学着中文。学习的时候，手边必须备有笔记本。

迄今为止，我一直在用那种面向小学生的十毫米方格练习本。中文全是汉字，所以这种看起来比较大的"汉字笔记本"，对头昏眼花的老年人倒是挺合适。况且，人上了年纪，连脑筋也会回到幼儿状态，变得跟小学生似的。

抱着把手头的笔记本全部用完的执念，我勉力学习着。这些年，我始终爱用封面是史努比的japonica本子，未曾移情别恋。眼见着史努比一本本多起来，我内心充满学习的喜悦，感受到生的活力。

我去中文教室学习，每周一次。那儿的老师说："学习，贵在习惯养成；学习的根本，在于坚持。"每当我从挎包里拿出史努比记事本，老师常报以会心的微笑。

　　回想起来，小时候我学说话的速度就不算快，也是一个词接一个词地学，日复一日不断坚持，终至掌握。锈不怕，只要耐心打磨，总有一天会发光。

　　手账里，还有我用中文写的行动日记，也是满满的回忆。为迎接手账用到最后一页的那份神清气爽，当下须一步一个脚印，步履不停。

药箱不做整理——整理和收拾的区别

有人酷爱整理。他们喜欢查看自己的包，把里边的东西重新放置。旅行时，手爱在包里倒腾，把里面的东西掏出来、放进去，翻来倒去乐此不疲。

这些人可不是爱收拾，只是喜欢整理罢了。我敢说，他们家里的药箱，准被归置得纹丝不乱。感冒药，治疗胃痛、牙痛、头痛、便秘、刀伤、过敏等类药品，甚至连蚊虫叮咬膏，都各就其位。药箱内紧巴巴的，无一丝缝隙。看上去有序，可当冷不丁地手被割伤，急需创可贴时，打开药箱，却见各类药物被摆放得密密匝匝，乍看上去整理得便于使用，可实际上真想用的东西，死活都找不到。

"不好，流血了！"这当口，哪还由得人从容找寻？把药统统倒出来，反倒高效些。

如果只顾着整理，一准会变成这个样子。药箱就

是个典型的例子。

人何时感冒、何时被蚊虫叮咬，没人能说准。换言之，人并不会按照药箱中药品的排列顺序渐次生病。真到了急需用药的节骨眼上，或许连药品包装盒都觉得碍事。家用药箱又不是医院的药品柜，没必要整理得中规中矩，把该备存的药一股脑搁进去就是。对，一股脑放进去，这才是收拾药品的要领。让我们举例说明。

从药店买回药品，应立刻扔掉包装盒。又不是小学生，对药的疗效，应该已经有所了解。关于服用量，通常而言，大人三片，小孩两片，幼儿或狗狗再酌情减半。如果还担心剂量，那就把药品的内袋和说明书一起收好，这就足够了。

药箱里须预留足够的空隙，保持宽松的状态，一伸手就能马上找到想要的东西。而且，一旦发现药物过期，即刻处理掉，眼里不揉沙子。

无牵无挂，挺好。

骗人了五年的赠品，该处理了。

尚未用完的五年前的膏药，应该也没啥药效了。和泛黄的内衣一样，无须留恋，扔了吧。过期的牛奶在冰箱里放太久的话，不管哪个老头都会毫不吝惜地丢掉。同样的道理，药箱也得一年做一回大扫除，擦擦盒子的内部，让它晒晒太阳，然后说声"谢谢了"，再把药瓶、袋装膏药什么的放回箱中。

如此，让生活必需之物随人的生活"伺机而动"，使其呈现出活着的状态，方为收拾的根本。收拾是指南，它提示人生重要的动线，并不仅限于物理的房间。

总有一些中老年人，爱胡乱服用维生素补剂，这也值得我们深思。我觉得，有规律地从日常饮食中摄取必要的营养，才是正确的选择。

药箱的尺寸不宜过大。有时会碰到那种把吃药这事当爱好的主儿，什么胃药啦，缓解宿醉的药啦，轮番折腾。可在吃药之前，难道不该修正一下自己暴饮暴食和动辄酩酊大醉的人生吗？

也有饭后吃减肥药的女性。与其餐后补救，不如

先戒掉零食且避免暴饮暴食。人到了一定的年龄，身高到了头，身形却可无限度地横向延伸。还是试着在吃药前，检点一下自己的饮食生活，找出改善的方法为好。

像这样，"及时对健康管理做出调整"，未尝不是收拾的重要一环。

一旦变成老头，时间倏忽而逝，感觉一年就跟一个月似的。稍不留神，伤病便乘虚而入。还是戒掉烟酒，集中精力，先把家里收拾干净。注意，不是整理，是收拾。扔掉冗余之物，房间一宽敞，人就像站在草原上，心胸也变得博大起来。

老头我的梦想，是收拾过后，能做点什么。人在凌乱无序的屋子里，只会徒增妄念。可环境一旦整洁清爽起来，在房间正中坐禅也很好，吟诗也很妙，就算跟妻子两人缠缠毛线也蛮享受。有时候，即便若

无其事地离家出走一段时日，倒也不失为一种纯粹
的活法。

　　如此这般，不妨通过收拾药箱，对自己的健康状
况再做一次确认。

　　趁在生病之前，摊开药箱，一边收拾一边思考未
来的人生，也是不错的选择。

窗明几净的房间

翻开中国文人写的书，便会发现"窗明几净"这个词的使用频率颇高。明窗净几可谓书房的代名词，清朗豁亮，无一丝不洁感的地方，是最适合做学问的。

结婚的时候，我曾梦想能拥有一间自己的书房。在逼仄得仅有三叠榻榻米大小（大约五平方米）的房间，渴盼着一张小书桌和一把坐着舒适的木椅。

新婚公寓在中央线沿线的国立市。

尽管距离我工作的地点——位于东京都内的出版社相当远，但那里悠闲散漫的小镇氛围倒是挺合我的性子。稍感不适的一点，是新居离我们曾住过很久的妻子娘家太近，连一分钟的路程都不到。不过，做丈夫的，听妻子的话，才是走向幸福生活的第一步。

在书架旁摆上桌椅，房间便有了些许窗明几净的味道。窗前能看到小小的庭院，院里撒了豌豆和牵牛花的种子。

　　窄小的公寓只有两间屋，想要营造一种清净的空间感，还真不容易。首先，在购置憧憬已久的蝶形折叠桌和实木椅时，我选择了百看不厌的松本民艺家具。

　　虽说国立市是绿意盎然的治愈小镇，可只要一脚跨出公寓，那也是车水马龙的喧嚣之地。因此，退而求其次，至少我要在自己的房间里守住那份沉静；在不用通勤的节假日，还有一张书桌，能让我品味文人书斋的雅趣。

　　中国文人很爱用"隐遁"这个表达。有人认为这是一种逃离尘俗、退避山野的生活方式，其实是误解。隐遁的要义，恰恰是人在都市，却寻求一种清静无争的活法，与山野仙人大异其趣。而若想实现这种活法，首先得确保人的身边不放无用之物。于是，打扫、收拾便成为题中应有之义。

　　身边不放无用之物，何以如此重要？随着年龄的增长，其义自现。平日里总说"这个很重要""那个可

一日从茶始……

是回忆"，便什么东西都留着，经年累月，杂物如同地质层般堆叠起来，待真要寻物之际，才发现已无可能。年轻时，人还有翻找的体力。可日复一日，积箧盈藏，聚少成多，在物什膨胀到已毫无头绪、无法检索的状态时，人恐怕也年老体衰，身不由己了。真到这份儿上，离纯粹清净的生活可就太远了。

身边不放东西，是训练决断力的一种有效方式。因为你必须清楚，什么才是自己真正需要的，然后根据物理空间来取舍，果断处理掉冗余物。开始这种训练，实在是越年轻越好。

隐遁并不仅限于上了年纪的人。不管什么年龄，能在摒除冗余物的空间，享受沉静纯粹的时间，都很珍贵。所谓隐遁，其实就是这种精神上的奢侈。

休息日的清晨，当我用拧干水分的抹布擦拭桌椅的时候，隐遁便开始了。读完书，写完稿，放松一下身体，把摊在桌上的书和资料插回书架。

彼时的我，最大的心愿莫过于在未来的某一天，能拥有属于自己的书房。而如今，只要有折叠桌和椅子，心中的梦想就似已实现。

话说那阵子的休息日，我常常一大早就开始吭哧吭哧地为某杂志社画插画。与其说是插画，不如说是小插图，即印在杂志页边缘的一些单色插画，属于补白，不会对正文内容构成干扰。供稿的杂志社并无要求，但我会根据当下的节气，顺手画些应景的小画。

虽说润笔费低得令人难以置信，但我还是用这些稿费在国立的外文书店购入了相当一批画册。一个月一次的兼职，我在那张小小的桌子上创作着，非常快乐。傍晚时分收工，在收拾起颜料、画具，把资料归回原位时，内心平静而充实。

至今回想起来，仍觉不可思议。当时的我，完全没想到今后要靠绘画和书写为生。

不过，既然是居家的节奏，那么如何才能高效地工作？这职业生涯的第一课，是我在国立的小公寓里学到的。

百字专栏 清理吸尘器

常备的清扫工具，过去被视为理所当然，但真的有必要吗？或许值得三思。

生活中少不了吸尘器

冷不丁地想到一个问题，我家到底换过多少台吸尘器？伴随着孩子们的成长和狗狗的长大，我用过各种类型的吸尘器。如内置纸盒式、立式，还有无线式。我始终坚信，人只要活着，就离不开吸尘器。

吸尘器的用场少了

可最近，家里的吸尘器派上用场的次数越来越少。充其量也就是孙子们来家里小住时，会用它来抽空气，压缩被褥。对老头我而言，也许是受不了那个噪声了。扫地机器人也一样，为了用它，你不得不先收拾它。

回到从前会怎样

和室的清洁很简单，一把笤帚和一块拧干水分的抹布，就能让房间变干净。在铺地板的房间，吸尘器用起来容易打滑。窗格子和楼梯角的清扫，最给力的也还得是抹布。结果，掸子、笤帚、抹布，此三者为最强。有了它们，连寻找存放吸尘器的空间的烦恼都省了。

笤帚的威力

最近拿起过笤帚吗？如果按用途分开使用，你就能切实地感受到它的威力。

对笤帚刮目相看

用高粱穗和棕榈皮制成的笤帚，被称作"榻榻米笤帚"，用起来简单方便。我喜欢把它和清洁书架的除尘掸一起配套使用。笤帚、簸箕、掸子以及拧干水分的抹布，是日本扫除文化的核心。

笤帚是净心神器

撒上茶叶渣，用笤帚从房间的角落像画圆似的清扫，潮湿的残茶可除尽细小的灰尘。用笤帚这么一扫，不知不觉间，老头我那颓废的心境变得明朗清澄。魔法般神奇。

笤帚簸箕是低调优雅的道具

我想备上一把蕨条或竹枝扫把，以便在玄关、阳台和庭院中使用。有一次，见一位身着和服的夫人手执扫把在清扫寺庭的落叶，那身姿宛若一幅画，妙不可言。如果是耙子，更适合男性使用。那种长柄的箱式簸箕，则便于集中处理废弃物。

旅行包及其所纳之物，是自己房间的缩小版

二十七岁时，我参加了一个旅行团，前往德国法兰克福，参加在那里举办的图书展，那是一场世界级的书籍展销会。当时，我就职于某童书出版社，书展上也有我们的绘本展位。

四十九年前的那次外国旅行，使我得以一窥欧洲的城市街景和人的日常生活。在那之前，我的海外旅行仅限于塞班岛的数日行程，甚至连大型行李箱都没拿。

尽管是浅尝辄止的巡游，先后转了丹麦、波兰、西德、英国、瑞士、意大利六个国家，但此行观感，却对我看待事物和旅行的方式，产生了很大的影响。

所谓"旅行催人成长"，诚哉斯言。

跟团走，总能遇见出国游的旅行达人。虽然他们说的是简单的英语，却也能看出颇具语言天赋的人是

真不少,他们还教我行李箱和旅行包的使用方法。彼时,年轻背包客们的故事很是流行,听着就跟英雄传说似的,神乎其神,其实尽是些俗不可耐的桥段,令人扫兴。

在海外大城市转悠,穿一身融入当地普通人的衣服,随意挎个斜挎包,低调不显眼,是最踏实的。

虽说是出国旅行,但也没必要特意置备新衣,浮夸花哨的装束就更多余了。那次欧洲旅行之后,深蓝色外衣加黑色毛衣便成了我的着装标配。

当时,还没有今天这样的轻便运动鞋,我特意选了一款黑底软皮鞋,即使在欧洲城市的石板路上连续走几个钟头,也丝毫不会增添腰腿的负担。

继而深思,旅行确实能塑造人,且对人的形塑关涉到对日常生活的态度。

最显著的例子就是对包的选择。旅行时,把自己需要的东西统统塞进包里,包随人从一个地方移动到

另一个地方，说起来，这个包就是自己的全部家当。住进酒店的"家"，把行李摊开，再重新收拾好。一旦购物超标，包内塞不下，便需设法为它"减肥"。收拾包，其实跟收拾屋子一样。

所以说，选包这事堪比选家。自那以后近五十载，我一直为各种箱包所困扰。看人家，手提铝制公文箱，器宇轩昂地从商务舱口登机的身姿多么潇洒，可对我这样的穷游者而言，那种手提箱只是碍事又多余的行李。

登机旅行包中，诸如"有总比没有强"的那类东西，基本属于"非必要"，我宁可不带。而旅行用品专柜，则充斥着安眠枕、安眠面罩等商品，淤到像是要挡住人的去路，却几乎没什么利用价值。想睡觉的人，用深色手帕遮住脸，足矣。

这样想来，家更是冗余物泛滥的重灾区，多的是"有总比没有强""不定啥时候就能用上"一类的东西。其实，这些物品基本可用他物替代。

三十年前，我去瑞士登山。归途中，在苏黎世机场购买的挎包，一直是我的爱用品。目前在用的第二只，是同一家公司生产的同款。这只包，深蓝色布面质地，A3尺寸，是那种随处可见的简单样式。无论是国内旅行还是海外出游，我或手拎或肩背，始终乐此不疲。

近来，带电脑出国的人日渐增多，用帆布背包的人占绝大多数，可我是个老顽固，仍固守着这只瑞士造挎包。尽管它看上去普通得不能再普通，可在细节处却"别有用心"，堪称旅行包中的杰作。

由于包的底部衬了一块薄铁板，就算用来装文件、书和稿纸，也不至于变形走样。此外，内膛够大，连在机场免税店买的礼品也能塞进去，真是"大肚能容"到令人吃惊的程度。当我想写点什么的时候，就把这只包置于膝上，便成了一个临时工作台。

从护照、现金、备用眼镜，到手帕、文具、笔记本，以及防寒用的黑色羊绒毛衣、常备药等均可放在包里，

内容虽多，却一目了然。

国内外旅行之际，这只挎包必须登场。而一旦随行包的大小、尺寸被限定，老规矩：无用之物不得入内。

这只包曾与我同游巴黎、伦敦、内罗毕、巴塞罗那、加德满都、泰国、巴厘岛、新西兰、夏威夷诸岛和美国各地，像是我的守护者，不离不弃。

说到登机的随身行李，偶尔也会碰见这样的人。他们拽着拉杆行李箱，在经济舱狭窄的过道一路冲撞前行，然后把重得仅凭一己之力很难举起的箱子塞进行李架。不仅如此，他们背上驮着个大背包，脖子上挂着个小的，手里拎着环保袋，大汗淋漓，简直像是在战斗。

我想，这样的旅行者，家里肯定也是东西塞一屋，连收拾都无从下手了吧。

尽管航空公司一再广播提醒，除手提包外只能携

你好。
哈喽！

带一件行李，可那些人愣是充耳不闻。傲视一切的态度，确实很"牛"，但凡事总该有个度，做过了可不大好。

在飞机抵达目的地机场，时间较为充裕的情况下，我会不动声色地跟在那号人身后默默往前走。可是，在入关交验护照后，这种人特别耽误时间。在提取行李的转盘处等待之际，你会发现那个全身披挂着大包小包的人，手里拎着的果然是没收拾利落的沉重编织袋，或是看上去就难以搬运的行李箱。

看到这一幕，我麻利地赶往行李安检处。一旦落到这种莫名其妙的大宗行李搬运者之后，过关的时间会被拖得无比长。

行李箱大多偏黑色系且外观相似，提取行李时很容易弄错，在酒店里也时常发生混淆。为避免无谓的纷争，还是在箱体表面贴上显眼的标签为好。

最近，粉色、紫色、清亮的湖蓝色等行李箱纷纷

登场，可色彩太丰富也让人颇感困惑：一个身着藏青色正装的绅士，拖着一只粉色行李箱行走的姿态，总让人感到一种难言的突兀与酸楚。

距离第一次出国，五十年倏忽而过。一个惊人的变化，是自己的旅行箱逐年小型化。早年，我曾在巴黎逗留一个月，那时买的行李箱，回国不久便处理掉了。大型行李箱移动起来着实不便，特别是在车站上下台阶和乘出租车时，叫人大汗淋漓，深受其苦。行李箱也和房间一样，越宽敞就越爱往里塞东西，不管东西有用没用。

现如今，即便是海外旅行，行程充其量不过一周，因为这是我体力的极限。行李箱，我基本固定使用一款新秀丽牌、体量适中、带四只轮子的长方形产品，因其自重轻，锁扣操作简单，制作工艺不花哨，让人深感安心。说到底，行李箱和房间的布局一样，越简单越好。

海外旅行打包时，服装类最易"增肥"。内衣、袜子、衬衫等，稍不留神，行李就淤了。

可解决问题的方案是：要么在酒店客房洗澡时，自个儿动手勤洗衣；要么干脆用酒店的洗涤服务，哪怕价格不菲。为能轻装前行，服装务必严选。

说起这事，我还知道有人随心所欲地把速食食品、梅干、茶叶也一股脑塞进行李箱。旅途中，健康管理的秘诀只有一条，那就是避免暴饮暴食。晚上，就着零食喝小酒，得意忘形嗨到高，弄不好会毁了你的旅程。

就这样，当你想起旅行的种种时，便不难察觉，日常的生活方式会渗透到旅行中，<u>丝丝入扣</u>。反过来，旅行也赋予我们生活的智慧。

旅行结束，给行李打包，也不失为一种收拾，是旅人自然而为的整理方式。家的收拾何尝不是如此？习惯成自然，照着同样的节奏做下去就是。

百字专栏 为包减肥

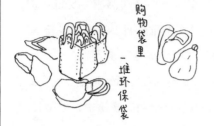

购物袋里
一堆环保袋

明明晚上照常回家，不知不觉还是把包塞得满满的。包，也得常收拾。

现代人已不能空手走路

不知不觉间，人就变得不能空手出门了。智能手机、平板终端、笔记本电脑一个接一个地出现，背包或挎包简直须臾不能离身。相形之下，猫狗等小动物们却在悠闲地空手溜达。可悲可叹。

就算再细分，若量多也没什么意义

女性也在不舍地追求着永恒的美。因此，化妆包不离手——这已然是最低限度的手持品。不过，随着化妆包内小物的膨胀，小包变大包是早晚的事，这一点不可掉以轻心。与其把物细分，不如少放东西，这才是装包的秘诀。

专心为包减肥，是起码的工作

关于包的烦恼，没有尽头。若用大包，稍不留神负荷便增加，为肩酸背痛埋下病因。近来，随着制造工艺的进步，手提包、旅行箱变得越来越轻。作为包的使用者，人也须着意为包减肥，以实现轻量化的目标。

短命的地板下收纳

在即将走出"不惑"、迎来"知天命"的那阵子，我对自家做了一番大改造。此前的生活空间，总体说来，房间狭小，卫生间和浴室用着也不大方便。

三十岁出头，我通过本地不动产商购入了一栋独立住宅，价格倒是相当便宜，可所谓一分钱，一分货，那房子的简易程度实在令人吃惊，堪称蹩脚建筑。地板是胶合板的，墙壁糊的是乙烯壁纸，一整个新建材样板房的感觉。

房子紧挨着一处陡坡，有点依山而建的味道，视野开阔，怕是其唯一的可取之处。绿意盈野的多摩丘陵，起伏绵延，伸向远方。虽说开车进出多有不便，但既然选了这么个不济的地理位置，也算是命运的安排。妻子是教师，银行的按揭手续办得很顺利。

说是大改造，究竟改到什么程度呢？一楼的玄关

周围、厨房、卫生间、浴室、我的工作室或者说干活的地方，都得动。二楼则要安装大型书架、重铺阁楼地板、辟出一间小储藏室，以及重葺屋顶等。听着我这个委托人的一番说明，承包工程的建筑业者一时间陷入了沉默。

"与其装修改造，不如趁此机会重建，这样反而更快。"对方抱着胳膊说。

工程历时三个月。教书的妻子和正在上中学、小学的孩子们，每天一大早就匆匆出门。而为早上来上工的木匠师傅准备茶点和大号保温瓶，则成了我的日课。随着工程的进展，一向不习惯家里有外人出入的我，神经日益紧绷。虽说是自由职业者，可若是无法绘画与写作，生活将难以为继。

那段时日，我养成了早上五点起床处理工作的习惯。九点一到，木匠师傅和其他伙计各就各位后，我便注意力分散，无法集中。所以，在那之前的四个小

时里，忙得就跟打仗似的。家里一整天没人照看肯定不行，但我也常常忙里偷闲，钻进附近的图书馆，先躲上大半天再说。不过，傍晚时分必须赶回，不然伙计们没法锁门收工。单是内部装修一项，就有不同工种的业者进进出出，忙个不停。不仅工人忙，房屋改造也在考验着老头我的体力。

为方便维护自来水管道和下水管道，需要在厨房地板上开一个检修口。既然横竖都要开，不妨就着那个口子，索性辟出个地板下收纳格来。

我深为"地板下收纳"这一说法所吸引。没想到，平日里置放家具、人走来走去的地板，下边竟然可以别有机关。在看不见的地下增设收纳空间，这是多么诱人的创意啊，我强烈地感受到一种可能性，堂奥之深，妙不可言。因原本就确定用桧木原材铺设房间地板，所以得先定位，看把那令人憧憬的地板收纳格定在哪一处。

我觉得，安置着沉甸甸的铜版画压印机的房间，无疑需要一处地板下收纳格；棚顶高挑的宽敞走廊，也要一处；北侧的工作室也想置备一处。如此，加上厨房里的，最终设置了四处地板下收纳格。坦白说，我甚至有心把整个走廊都做空，改装成地板下储藏室。木匠师傅笑着说："税务署搜查，貌似先从地板下收纳格开始。"然后，他仍抱着胳膊，一脸为难的样子说道，"我不建议你在这些地方做地板下收纳。"个中理由，日后我才明白。

在全部改造工程竣工之际，我松了一口气，"这儿就是终老之地了"。本以为这下可随着四季的变换，饱览多摩丘陵的胜景，不承想，北侧工作室的前面，规划了五栋商品公寓楼，推土机开进来，无情地把眼前这片难能可贵的树林摧毁了。

按说，自家改造完工，该踏踏实实享受几天了，却赶上这么一出，可真是好事多磨。

话说，地板下收纳格里，到底放些什么好呢。厨

湿气是日本的大敌。

房里的，可放些能长时间保存的酒、瓶装啤酒、酱油什么的。可如今，不少酒精类饮品也多用纸盒包装，罐装啤酒则通常放在冰箱里冷藏。"那么，里边放点啥好呢"，为此老头我没少伤脑筋。

那些原本该扔掉的赠品盘子，一年只用一回的儿童圣诞树什么的，都被妻子一股脑地塞进收纳格。而我工作室的地板下，则放了一堆制作版画的工具和药品。有一点先前没想到，地板下收纳格因空气难以流通、温度高，书籍纸张类绝对无法置于其中，更别说易生锈的东西了。而且，隆冬时节，冷空气会从缝隙处往上钻。那些能保存的罐头类食品，被凝滞浑浊之气所浸染，吃的时候，还带着罐子外侧的那种霉味。

没过多久，当我试图打开厨房的地板下收纳格时，因持续降雨，地板受潮，木头膨胀，不管我怎么拉，收纳格的金属把手都纹丝不动。我心里搓火，拿钳子往上一拽，结果金属软，不吃力，竟弯曲变形了。

收纳格里一股子霉味，打开的瞬间，霉腐气携着

潮气在房间内蔓延开来。好在格子里并未放入什么易腐败之物，这一点多少还算令人心安。可与此同时，我也意识到，里边塞的尽是些早扔早好的冗余物。圣诞树也是，就算每年换新，开销其实也没多大。

如此，怀着失落的心情扣上盖子，方才用钳子强力拽开的金属零件不意弹将出来，剐到我腿上。我用锤子敲着，想把弹出的部件给敲回去，却发现妻子不知何时威严地站立在侧，金刚怒目，"真是没用的东西配没用的人""如果孩子们在这里玩捉迷藏，可怎么好呢？"。

工作室的地板下收纳格，终究还是变回了储物柜，里面也就放点净化空气的活性炭而已。老头我痛感，家里的东西本就该放在便于放入取出、通风良好的地方。

在建造木屋或家装改修之际，建筑公司的宣传册上总向你推荐地板下收纳格。可不管有多少储藏空间，若不收拾，和仓库也没什么两样。说是便于卡式炉、章鱼烧器具、砂锅等偶尔一用之物的收纳，固然没错，可收纳空间距离地面近、湿度大，易生霉变，也是事实。存放的东西一拿出来，那个味儿，实在是让人怕了。

像我家这样，哪怕成本高，也勉力使用全实木铺装地板，固然是好，但问题是板材伸缩会导致微妙的位移，而一旦发生位移，收纳空间便成了吸收位移差错的"避难所"，开合起来相当辛苦。

数九寒天，冷空气直从缝隙往上蹿，不铺垫子简直无法御寒。

最终，我家的地板下收纳，以失败告终。

顶柜里，地板下，什么东西都别存，踏踏实实的，该收拾就收拾，如此才能避免家中空气沉滞，确保新鲜空气流动起来。

教我懂得这些道理的，不是别的，正是"地板下收纳"这个反面教材。

百字专栏 少放东西，厨房敞亮

家不一样，厨房也千差万别。想要收拾得利落整洁，炊具越少越舒适。

从阴暗的厨房到明亮的料理场

灶间阴冷、昏暗，是存放食材的场所，也是被婆婆欺负的儿媳抹眼泪的地方。不过，这些都是老皇历了。世易时移，今日的厨房变为明亮、清洁的料理场，儿媳甚至完成了逆袭，可以对婆婆任意驱使。总之，明亮乃厨房的第一要义。

莫让杂物毁厨房

厨房也一样，炊具越积越多。如果把一年仅用一次的电动年糕机之类统统备齐，厨房将顷刻间陷入杂乱无章，一发不可收拾。不要热衷于各式新款厨具。料理，有锅和勺足矣。

务必为家人备齐合适的烹饪用具

若连做家常便饭都觉着委屈，不如干脆粗茶淡饭过日子。如果家里有个动辄抱怨的丈夫，那就趁早离婚。厨房里，只要有全家都喜欢的咖喱，有与饮食生活相匹配的烹饪用具，一准能保持敞亮。

百字专栏 冰箱储物宜从简

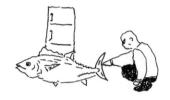

存放日常食材的冰箱，是家中重要的收纳库，不可放任不管。

冰箱，是食品的储藏间

冰箱基本上和壁橱一样，重要的是不能塞得空隙全无、挤挤挨挨，否则冷气便无法流动。东西应少放，腾出空间，才能确保食材更新得快，新鲜。那种把海外旅行纪念磁贴往冰箱门上乱贴一气的做法，还是克制为好。毕竟，冰箱是为食物而存在的。

并非所有东西都适合冷藏

有人爱把食材一股脑塞进冰箱，但有些蔬菜是不宜冷藏的。洋葱、胡萝卜、南瓜、白萝卜、牛蒡等食材，放在阴凉通风处即可。需注意，土豆或红薯遇冷后淀粉会发生变化，味道也将随之改变。

定期清洁，保持卫生

冰箱内易滋生细菌，肉食、鱼类需格外注意。老头我想亲自下个厨，料理这些食材，越快越好。为保持卫生，需用厨房纸巾和酒精擦拭冰箱内部，每月一次。然后每隔半年，把内部隔板全部取出，彻底清洗一遍。

衣橱的定期检查

衣橱是用于整理、保管衣物的箱子。那种透明的塑料储物箱，说不定什么时候就会变成打不开的垃圾桶。有没有因塞满衣物而无法合上的衣橱呢？干脆，先来检查一下老头我的吧。

退休之后也活得乐观健朗的人，他的衣橱无疑也是清爽的。衣橱是人生的一面镜子，它从不说谎。

如果你打算重新审视自己的生活，那么最好打开衣橱看一看。若内部整饬利落，四季衣物有序存放，这样的人，此后的人生也将纤尘不染，活出一份自尊与美好。

衣物冗杂且量多之人，喜欢说家里柜子小，不敷收纳。但衣橱的大小应以身高为限。如果是艺人，需登台献艺，那么拥有相应的行头尚能理解，但对普通人或退休人士来说，衣橱即便比先前小一号也足够了。

行李箱也同理。虽说大号行李箱装东西时挺爽，

可单就取出、放入或搬运而言，则太过辛苦。减少物件是为了让自己更轻松，这一点我要再三强调。

整理衣橱的要领，是把分量重的衣物放在最下边，然后越往上走抽屉要越"轻"，衬衫类占一格，手帕、袜子等则分类归入小抽屉。如果有那种光内衣就恨不得占据橱柜半壁江山的老头，我倒真想劝他振作起来："挺直腰板，好好思考一下未来的生活。"然后就是衣橱的最上层，请务必"留白"。其用途，与前文所述书桌的顶层抽屉和书架最右侧的空间相仿。

总之，衣橱宜小不宜大。

好了，现在不妨让我们做一次大检查，对象是所有穿过的衣服。正如许多整理类书籍中都会写道"多年不穿的衣物，处理掉！"，是时候将其付诸实操了。

行动日，最好选择干爽的晴天。雨夜易生悲情与绝望感，搞不好会身心疲惫，影响健康。

那些迄今为止从未上过身的衣裤，我觉得还是缘

分不够。明明是好不容易在银座的高级服装店所购之物，即便仍心存留恋，我也会丢入塑料处理袋。有那么一瞬，会备感孤单与沮丧，但这正是须努力扛住的节骨眼，过了这一关，今后，服装这一块便朝着少而精的方向升级了。

内衣、袜子、松紧带没了弹性且已褪色的短裤、黄渍斑斑的衣物，弃之无足惜。就这样处理着冗余物，先前那些牵挂于心的人生烦恼也随之淡然消散。

打开窗，眼前一派辽远的晴空。衣橱的整理也走上坦途。老头我鼓足干劲，把目光转向衬衫类。

在劲头十足的上班族时期，我从镇上的百货商店买来的那些高档衬衫，此刻就像冬日里制作的挂面，耷拉在衣橱的深处，有些甚至尘封在洗衣店的衣袋内。这批当初漫无目标冲动消费的衬衫，终于迎来了被清算的时刻。

"总有一天会穿吧？"这种衬衫，直接投入处理袋；袖口、领子有问题，或者纽扣缺失的衬衫，会妨碍审美，

有碍观瞻，也一并处理掉；虽说那些一路穿下来的衬衫，是陪我走过漫长岁月的良伴，但人毕竟活在当下，为迎接新生活，也确实没工夫对着它们发呆；至于帽子、手套、围巾这类小物，查查看，不合时宜者，就坦然大胆地扔了吧。若能利落地解决掉这些劳什子，明天就能上街买新衬衫啦，想着就挺激动呢。

人一旦在职场上的使命画上句号，系领带的机会就少了，充其量也就是参加婚丧嫁娶等仪式时会用到。这样的话，就必须选择即使不打领带看起来也得体的外套或衬衫。

有那种纯棉质地的纽扣领衬衫，或者结实的牛津纺面料，或白或粉或蓝，不妨从优衣库或无印良品入手两件，然后先收在衣橱的上层。洗褪色的棉质衬衫一年四季都能穿，与深蓝色的西装夹克也很搭。而且，素色的纯棉衬衫，会让人看起来有行动力。衬衫，决不能穿黑色、灰色、棕色那类大地色系的。

这表二百万日元

穿着白色或粉色的纯棉衬衫，人会显得年轻而有清洁感。动辄放言"我老啦"的人，再穿上一件土黄色的衬衫，就会愈发显得衰老憔悴。

原则上，干净利落便是最好的。就算脑袋发昏，也绝不能系那种金属标牌刺目的品牌皮带，落下拿品牌说事的毛病可不好。或者，为了彰显个性，穿件迈克尔·杰克逊式的花纹衬衫什么的，也是够了。

偶尔会看到，有的老头在钓鱼或观鸟时，穿着那种口袋超多、便于装物的马甲，甚至一年四季都是这身行头。要我说，穿什么衣服还得分清时间和场合。总是一身像去郊游的服装，生活的一张一弛将会日渐消弭。长此下去，人无觉知，有一天兴许穿着睡衣或针织裤衫在街上闲逛，也未可知。

虽说绅士范儿、时尚感的养成，某种程度而言是相当费银子的，但也没必要购置过多的衬衫或毛衣。若常思所谓人生只有当下，那就不能以忍者或神仙般

的姿态漫步于都市。有必要铭记：无论何时，简单清爽的装扮才是宝。

我曾在向晚时分窥探过车站前的居酒屋。吧台前俩老头，坐得不远不近，各自喝着小酒。一个脚蹬凉鞋，穿着就算溅上烤串汁也不显眼的深褐色裤子，自然少不了那超多口袋的马甲；另一个也是差不多的一套行头，脑袋上多了顶棒球帽或登山帽。偶尔也会有女性，豹纹毛衣透着小巷深处的风情。

人，不管穿什么，都是自由的。他人没理由说三道四。只有告别职场、脱下西装的那一刻，你才能了解那个人的真心实意。为了能身心愉悦地活，老头我很在意那些乍看上去很朴素、仔细咂摸起来却蛮有品的服装。正如一只好包在手，便想到处走走一样，随着年龄的增长，着装反而更需年轻化，这点尤为重要。

无论到何时，总想着还能受到异性的青睐，只有这样的老头，才能充实地过好每一天。

如此这般，衣橱就是人生的一面镜子。

横竖是清理一次衣橱，最好将内容物减半或减至四分之一。随着四季的更迭，你若能把内衣裤、袜子、手帕、衬衫、毛衣等物限定为每种四件，那么，服装的泛滥与崩塌就不大可能发生。

着装这件事，只要你抱着平常心，踏实地活，答案自在你眼前。

百字专栏 # 开放壁橱

以为记得里边放了些啥，可到节骨眼上，发觉还是个混沌空间，完全一团糟……如此壁橱，必须击败。

当你开始逃避谈论壁橱，就要注意了

一旦壁橱里塞满不再使用的赠品或滑雪用具，跟满员电车似的难以打开，那就危险了。作为禁忌，家人也缄口不提。壁橱本该是个敞亮之所，门反复开合顺畅，方能便于所纳之物的存取。

先从改善内部通风做起

收纳空间的合理化，不妨从处理衣架入手。鉴于冗余物过多，为改善通风效果，提高流动性，有必要把壁橱内所有东西先腾出来。然后从旅行箱、高尔夫球具及渔具等大件物品开始，重新梳理。

边收拾，边晾晒心情

放弃了少年时代的民谣歌手梦想，不再碰的吉他也送人了事，我何尝不想为自己的心神，送上一缕清风，去除湿气，变得轻松欢畅。壁橱的升级更新，将成为老头我未来的精神食粮。

百字专栏 用洗涤调整身心

老头我的叠放法

洗衣事小，由其生发的幸福感却世代相传。像清洁身体一样，内衣亦需轻揉慢洗。

老头，才该洗衣

老头我最富余的便是时间。因此，正可在家中专注洗衣。况且，也早没了把衬衫送到干洗店的预算。天气若晴好，就把床单、内衣等按序扔进洗衣机。为防纽扣脱落，衬衫翻过来洗。

不光要洗，该扔得扔

洗衣之前，先把发黄的内衣扔进垃圾桶，只清洗那些此后值得爱惜的衣物。着装，是一种自我表达。若单从表现老头状态的需求出发，落叶色的内衣也不是不行，可老头我更想明快、利落地活。

清洗，晾干，折叠

衣物清洗过后是晾干，晾干后收进来再叠好，活儿是一个接一个。不知不觉中发现，裤子也适宜翻过来晾晒。旅行时，手洗最有效。在浴缸里，用分装好的洗衣液揉搓几下，短时间内便可迅速搞定。

吉他匠人的收拾秘诀

我有个老熟人，是相交四十多年的音乐伙伴。过去，他曾在音乐组合"Sounds"中担任电吉他手，乐队解散后，就职于东京都内的一家大型吉他行。目前，他在东京西部的多摩地区经营着一爿吉他修理工坊，过着简朴而充实的生活。

他的工坊原本就不大，密集码放着那些完成了修理、更换拾音器、调整及复原工序的电吉他和增幅器等器材，看上去空间更显局促。

起步时，预制结构的工作间只有四叠半大，后来加盖了二层，建筑外墙挂着时尚的吉他招牌，看上去很摩登。

拜访他的吉他工坊，让我懂得什么才是打扫、收拾的最佳程序。

不管手头积压了多少把待修理的吉他，他也绝不

草率行事，更不会偷工减料。正是这一点，让他成长为独当一面的吉他匠人。每天干活到傍晚，六点整准时打烊，精确得跟按点打卡似的。工作结束，前往附近的居酒屋报到，算是完成了一天的固定程序。

我坐在招待客人的沙发上，喝着酒，静候他结束工作。"等我稍微收拾一下。"他每天雷打不动，以清理和收拾作为工作的收尾。

通常的程序是，先用小竹扫帚把铺着薄垫的工作台上的金属碎屑、螺钉、拾音器的细线圈等废料归拢、分拣，将螺钉类放入透明圆瓶。

接着，把干活时用过的螺丝刀、钳子等工具收到墙上图示所指定的地方，然后脱下不离身的工作服，放进工作专用抽屉。最后，再用大号竹扫帚清扫地面。

我问他为什么不用吸尘器。他说，曾经一不留神把贵重的螺丝钉吸了进去，结果一通折腾，好不狼狈。自打吃了那次苦头，才觉出扫帚的好来。更何况，自己毕竟是玩过吉他的人，对高贵的乐器弹出的声音很

是挑剔。相形之下，吸尘器那粗野的吼叫，糙得让人没法忍。

电吉他属一九六〇年前后美国造产品音质最佳，当时原装的拾音器、弦卷等零件，包括一只螺母都是贵重品，除非破损，否则不能随意更换。若是不小心被吸尘器吞进去，事可就大了。

说到吉他工坊的布置，我注意到视线上方没有储物架。他说，如果把物品置于头顶上方，万一地震时掉下来，岂不危险。不仅如此，置放着工作台的地板上也不放任何东西，人可以自由地来回走动，像在运动场上似的。书架上吉他类和贴着便笺的电器类书籍混在一起，杂乱无章的。没发现工作以外的兴趣类图书，却瞅见一本关于纳税申报的小册子，令人莞尔。

工作台和工坊内的清扫，区区二十分钟便能结束战斗。纤尘不染的房间内，流动着清爽的空气。

虽说只花二十分钟，可每天坚持却颇为不易。若是偷懒放弃，那么这二十分钟，三天就攒成了一小时，一个月三十天便会累积长达十小时的清洁量。或许，赶工清理积压的活儿更费工夫。

若能每天坚持打扫，日常工作将无比愉悦。类似这位老友所从事的这种需要捣鼓小零件的细活，就更不用说了。

室内清爽的空气，会让前来洽谈的访客由衷地感叹"真是个好地方"。就算只在工坊内待上片刻，也能明白："不愧是匠人，干活就是地道。"

那些在其他吉他商行中常见的褪色吉他手海报、巨幅照片什么的，这里一概没有。尽管如此，整个空间却满溢着温暖的氛围。

因喝酒的缘故，这家伙没少惹麻烦，一年到头都在和女性起纷争，可为啥工坊却被打理得如此整洁呢？在常去的那家多摩烤鸡肉串店，我缠着他问，"很想领

教其奥义"。他说，是从之前就职的吉他行的老板那儿学到的。

那位老板曾言："吉他修理师和钟表匠一样。"

吉他修理师和钟表匠一样，都投身于精细的工作，且比后者还多了一重音乐的元素。音乐，无法用眼睛可见的数值来衡量其优劣。吉他是用心演奏、用心倾听的乐器，不谙微妙音差的人，是玩不转这个活儿的，即使干了也难以持续。正因为这个领域没有相应的资格认定，所以才更难。

"那么，其中的秘诀是？"

"首先，要成为一个收拾达人。""在工作地点，无论是工作台、地板，还是其他任何地方，决不放东西。物品总会不断增加，但要迅速收拾好。"

"秘诀，就这？"

"嗯。喝得有点大，整不明白了。"

"不是收纳，是收拾。"

"与情爱差不多。"

"……"

他抱着胳膊，闭目作冥想状。

兴许是酒精的作用，所谓"奥义"究竟是个啥，他到底也没点明。但能明确的一点是：这个人，深爱着吉他。

正因为如此，他才会珍惜哪怕一个小零件，且始终保持工作环境的整饬与清洁。收拾的原动力，正在于此。

百字专栏 电线和接线板

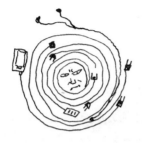

网络时代的无序，会蔓延至家中。对电线和接线板类物品，不可掉以轻心。

电器的副产品

随着电脑等电子产品的增多，各种电线和接线板类物品也在不知不觉间"增殖"。稍不留神，智能手机细长的数据线便会蔓延，插座上的电线跟爬山虎似的错综纠缠，像是热带丛林。

定期检查以防"增殖"

或因平日忙碌而放置，或即使有收纳盒也是随意往里一扔，待你想拿出使用时，发现各种线像蛇一样相互缠绕，心里直起急。像应对定期车检那样，定期检查各类电线，及时处理最为关键。

整理就用密封袋、荧光胶带和油性笔

准备好百元店就有的小型密封袋，将荧光胶带贴于外侧，再用油性笔把电线的用途标在胶带上。这小小的"成功"能让老头我从中获得一份自信，提升自我，更上层楼。废旧之物，别犹豫，该扔就扔。

裁纸刀

裁纸刀潜伏在抽屉里，一动不动。每次旅行，无论国内国外，我都会随手带回一把，"区区一把裁纸刀，无所谓啦"。

这些裁纸刀，多数是在土特产商店的货摊上入手的。逢着机会，我也爱把裁纸刀送给朋友。小小的裁纸刀，应该也不会给他人造成什么困扰。可是，日常生活中，裁纸刀能派上用场的机会太少了。它躲在圆珠笔、铅笔的一旁，屏息凝神，像是避人耳目一般静静地隐身其中。

大约四十年前，法式毛边本的诗集曾风靡一时，也有附赠裁纸刀的套装本。我被刀尖裁过书页时的那种触感深深吸引，在沉浸于作品的世界之前，这种慢慢剖开纸张的操作让人感觉颇具仪式感。而在书页裁开后，幸福感更是油然而生。

裁纸刀也只在裁开书页和信封时才闪亮登场。近

年来，随着美工刀的强势来袭，裁纸刀正在渐渐地退出历史舞台。

尽管如此，裁纸刀不愿自甘没落，仍在四处彰显着存在感，仿佛诉说着被世人遗忘的不甘。去巴厘岛、夏威夷这些地方，手柄处镂刻着精美花纹的硬木裁纸刀就在那儿候着你，像是挡住去路般横在你面前。

去中国旅行也不能掉以轻心。当我前往某些没什么特色产业的内地僻远景区时，裁纸刀现身了。它们被染上鲜艳的色彩，装饰着串串吊坠儿，拦在我面前，不让走。

就这样，从"就一把吧"，不知不觉间一下子暴增到十把、二十把。我差不多每十年处理一次裁纸刀，但总会让十来把静静地在书桌里待命。

当被问及为什么不下决心全部扔掉的时候，我会推说自己的工作原本就是和各类纸张打交道，裁纸刀对我很重要。事实也的确如此，这一把适合裁制图纸，那一把木制的与和纸相配……就跟打家具的木匠用刨

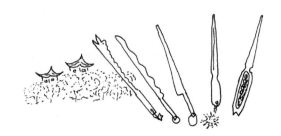

子似的，我会依据不同种类的纸张，区分使用裁纸刀，精确到"一把钥匙开一把锁"。我所中意的裁纸刀，少说有五把，都属于镇宅级的，绝对扔不得。原本以为这样就足够了，可谁知去了趟和纸专卖店，发现有种五十厘米的长裁纸刀，金属材质，竟又被我拿下。

如果用美工刀裁纸，刀刃过于锋利，纸的切口往往会丧失韵味。这类似于用钢笔或毛笔书写时的意趣，这份意趣不仅体现在纸面上，也涵盖着切口的氛围。

我之所以喜欢裁纸刀，恰恰是因为它可以凸显这一"纸韵"。也许有人会说，工具嘛，有个能用的就够了。可由于裁法不同，纸韵各异，我觉得裁纸刀也应各自独立，各司其职。

虽说"减少物品是收拾的铁则"，但有时，人生所系的必需之物是空间难以替代的，至于容量的问题，确定一个"到此为止"的限度即可。

蓦地想起去金泽旅行的事。金泽是一个美术馆、神社、旧书店高度集中的城市。因喜爱之处"浓度"过高，我曾频繁前往，且动辄流连数日。

某个冬日，我在金泽站附近发现了一家瞧着眼生的杂货店，抱着只看不买的决心跨进门，一眼就瞅见一把金属裁纸刀。不知怎的，总觉得那刀形颇具某种未来感，有点人体工学系艺术品的意思。

我问店员："是裁纸刀吗？"对方答说："是的，是京都的青年匠人团体制作的。"我拿在手中把玩，见刀刃比通常的短一些，两侧的齿刃有种粗糙感。

作为一个喜欢把裁纸刀当作旅行纪念品的达人，我想都没想，立刻打开钱包将它收入囊中。不过，价格竟超出一千日元，感觉小贵。

回家后，我把它放进收纳盒，归入"不大照面的小伙伴组"。没过多久，便忘得一干二净。

可就在我动念把大张的法国高级纸裁成四半时，

突然想起它来，"啊，对了"，我即刻取出那把人体工学裁纸刀，试着一裁，那曼妙的切口立时呈现在眼前，美得无以言表。

画画的人就是这样，能在他人看来稀松平常之处发现乐趣。我裁纸的速度很慢，静静地裁过纸面的感觉好极了。为慎重起见，我也试了试其他木制裁纸刀，结果，纸张切口处里出外进、参差不齐，一点也不美。

以此为契机，我决定舍弃大量没用的木制裁纸刀。我把它们摆在报纸上，正犹豫着是留这个还是舍那个的时候，女儿那对正上小学四年级的双胞胎男娃来串门。得嘞，"拿去玩打仗游戏吧"，便把裁纸刀递给这哥儿俩。两个小家伙大喜过望，立刻在头上裹了层包袱皮，玩起了忍者游戏。

俩娃各自在腰带上别了五把裁纸刀，在客厅"嗨""呀"地折腾起来。闹着闹着，其中一娃的脸被裁纸刀击中，放声大哭起来。

妻子闻声奔来，一边埋怨着"竟给孩子们这种东西！危险品都给我扔掉"，一边从俩娃的腰间抽出木制裁纸刀，带着嫌恶的表情扔进屋外的垃圾箱，使劲扣上了箱盖。

其实，我书桌的最里边还藏着大量的裁纸刀，秘而未宣。可这时，又听得妻子大声嚷道："那把金属的也很危险，现在，立刻，把它扔掉！"

我刚想开口申辩，妻子又紧跟一句："有把美工刀还不够吗？真是的！"边说边往双胞胎弟弟的脸上涂药膏。

完全不是一码事。裁纸刀在不同的纸质上"描绘"出的美丽切口，美工刀根本做不到。可即便如此，裁纸刀也难逃消失的命运吗？

那一刻，我觉得自己和裁纸刀一样，在家里没什么存在感。于是，那些秘而未宣的裁纸刀，被我悄悄地推向了抽屉的更深处。

百字专栏 **"赶紧收拾"的教训**

儿时常遭家长训斥、为人父母后也常挂嘴边的话，固然没错，但应尽量贴近对方的立场去传达。

总想对孩子说"赶紧收拾"

对孩子，父母常挂在嘴边的话是"快点做"和"赶紧收拾"，老头我也不例外。孙子孙女来家玩耍固然高兴，可一见屋里玩具四散，口头禅便不知不觉冒了出来："赶紧收拾。"

孙女的眼泪

某天，我一个没忍住，对着又把屋子弄乱的四岁孙女高声说了句"赶紧收拾！"一瞬间，孙女抖动着小肩膀盯着我，一副就要哭出来的表情。然后，拼命忍住眼泪说："我和妈妈约好了，不能动不动就哭鼻子。"

收拾，利于后续工作的顺利展开

老头我也想搭把手，帮她一起收拾，结果刚坐下，小人儿发话了："爷爷，说话请别太大声，我已经四岁了，我不哭。"孩子最是活在当下。还是一边想象着他们内心的感受，一边耐着性子表达吧。一点一点地，别着急。

分手的夫妻和窗帘

日本纸醉金迷的泡沫经济，一晃已是三十几年前的昔日荣光。四下环顾，我周围没有一人是受惠于那个时代的既得利益者。充其量也就是在八岳山麓建个小小的别墅，可又因常年不去住，房屋日渐废墟化，处于想出售却又卖不出的尴尬境地。

回过头去看，那其实是一个教我们如何适度生活、量入为出的时代。

四十年前，我们在町田市郊区买了一套商品住宅。在小小的院子里，给狗狗搭个小窝，四口之家过着粗茶淡饭的寻常日子。妻子虽很介意丈夫的自由散漫和沉迷酒趣，但看在他以自由之身挣钱养家的分儿上，便也不再过多计较。

彼时，一位比我年轻的舞台剧制作人朋友，住进了多摩川沿岸的公寓。那套传说中的豪华公寓位于一

避难演习

幢建筑的高层，视野开阔。凭窗眺望，绝美的景色如画卷般铺展于眼前。

樱花盛开的时节，我和妻子受邀去其府上做客，遂驱车前往。公寓的地下停车场竟辟有访客专用车位，人尚未进门，奢华感却已先至。

从二十层极目远眺，那风景果然美得令人窒息：奥多摩、富士山和丹泽，尽收眼底；回望东京湾，眼前的一幕有如一张原色的全景照片。妻子大为感动，双手紧握在胸前，叹道："竟有人能住在这样的地方，真像是在梦里。"

桌子、灯饰和所有日用器物都很协调，古朴素雅的和美风格漂亮极了。无论哪一种，都透露出挑选之人的卓然品味。即便是伞架、鞋拔等小物，也都被谨慎地安排得张弛有序。巨大的落地窗直顶天花板，素白色的窗帘从上垂直而下，足足有三层。

我们坐在皮沙发上喝着中国茶时，一直在开放式

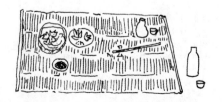

厨房忙碌着的夫人道："晚餐，咱们尝尝鲜，有刚到的东北地方山野菜呢！"那笑颜与身着飞白花纹和服的姿容，真美。

除了土当归、刺老芽、荚果蕨、黄花菜、蜂斗叶茎等野菜，还有天妇罗，以及贝类醋味噌拌菜，盘中美味无一不是新绿时节的应季料理，樱花花瓣亦不动声色地闪现其间。看着满桌子与日本酒相搭的下酒菜，我提醒着自己，可千万别喝大。

妻子每尝一口，都点头称赞"好吃"，最后还伸手拿了一个白饭团。朋友说："一顿饭，最后收尾的还得是朴素的白饭团和美味的滑菇汤。"那神情，看起来相当心满意足。

我到底还是喝高了。回家时，让妻子开车。车子沿河岸行驶，妻子嘟哝了一句，"那可真是个叫人大气儿不敢出的家呀""那样的家，总觉得累得慌"，说着摇了摇头。

此刻若说点什么，十有八九会遭到回撑，我便低着头，默然不语。

"玄关处鞋柜上方，装饰着一片大大的厚朴叶吧？"

"那我倒没注意。"

"你呀，一天到晚心不在焉的。好大的一片落叶呀，我想都没想就摸了一下。结果咱出门时，你猜怎么着？我发现那叶子被摆回原位，分毫不差。又不是美术馆，我咋觉得那么瘆得慌呢。"

不知为啥，妻子像是被冒犯了似的，继续说道："那个卫生间，净是些高科技，弄得倒是挺时髦气派，可那么多的按钮，居然不能冲水。"

"……"

"过日子嘛，无论如何，多余的东西总会不断增加。美术馆不过是个箱子罢了。"

妻子似乎对美好的生活充满了敌意，断然说道："那样的夫妻，过不了多久就会分手的。"

漂亮的家和整洁的房间是理想生活的展现，也是所有人艳羡的对象，更不用说身着和服的女主人，用堪称完美的家宴盛情款待……我闭上嘴，一声不吭。

然而，不得不说，那个家是"为了吸引他人艳羡的目光而刻意秀出的美好生活"。无论是收拾得干净整洁的房间，还是美味佳肴的款待，兴许是他们生活水准的维系，但说不定有时也是为了向他人炫耀。

美好的生活，本应只为我们自己而存在。当你试图以此向他人夸耀时，便会为那种生活所吞噬。

生活需要滋养。再美的地方，若没了人的生活气息，很快就像厚朴的落叶，枯萎打蔫儿。

妻子一语成谶。那以后，也就是两年左右的光景，二人离婚，干脆利落。几年后，丈夫和年轻的剧团演员走到一起，美艳的夫人嫁给了比自己小几岁的政治家。

离婚时，丈夫卖掉公寓，为避免事后纠纷，把全部所得悉数给了夫人，事办得漂亮。

蝴蝶张嘴喝糖水。

　　不仅如此，丈夫还对夫人说，有什么想要的尽管拿走。待夫人搬完家、打扫之后，丈夫过去一看，屋里那叫一个干净，除了窗帘，啥都没剩下。不由得拉开窗帘再一瞅，连小花盆也一个没留，完美。据说，他看到如此干净彻底的收拾大法，忍不住大笑起来。应该是搬家公司得到指示，将家具什么的统统都转卖了吧。

　　拉开三层窗帘，看着眼前熟悉的风景，曾几何时的美丽景致看起来竟像是黑白照片。离开时，他似乎听到孤零零地立于玄关一角的木制鞋拔发出了微弱的响动："请不要丢下我。"

　　如此说来，那华美的窗帘，大概是当初为求得百看不厌的理想效果，两人一起遍寻东京都内的百货商店，苦苦寻觅而来的、满含着爱意的物件吧。

　　丈夫拆下整套窗帘，送到洗衣店清洗，改过尺寸后，存放在了剧团的排练场。

洛杉矶小伙的家

三十多年前，我曾在洛杉矶逗留过大约四个月的时间。那是在我辞掉工作两年后，四十岁左右的时候。作为一家大型出版机构派驻洛杉矶的代表，公司为我安排了一套可供长住的酒店式公寓。

在此之前，我完全没有用英语和外国人交流的经验，于是报名参加了为期半年的英语会话课程，却始终无法超越初中一年级教科书的水平。实际上，当我出了洛杉矶机场、钻进出租车的那一刻，我压根儿没听懂司机说了些什么。手里一直拿着的那个写有西好莱坞详细地址的文件夹，也被我捏得湿乎乎的。

按月包租的公寓是一套两居室，厨房宽敞，卧室里的床巨大无比。或许是租金较为便宜的缘故，房间整体破损严重。一想到要独自在此生活四个月，我顿感不寒而栗。

打开行李，把带来的资料和书放进书架，画材、

洛杉矶

画具收进写字台的抽屉，西装挂在卧室的衣柜里。旅行箱也作为一个储存空间，用于收纳。话虽如此，一个人住在这样一套公寓里，还是太大了。我觉得，要是忘了什么东西，走过去拿都是一件苦差。于是，我把行李都归拢在一处，把从日本带来的速食食品放在厨房，在浴室里放了把椅子，把出门常穿的外套挂在靠近门的地方，这样一来，等于为自己定制了一条可控的活动线路。

这栋两层建筑有个中庭，庭中央，一棵椰树展开枝丫伸向天空。树旁是泳池，一个晒得黝黑、身材健壮的白人男子悠闲地读着报，一个长发、有文身的女子在水里游着，但看不清模样。

餐厅很冷清，只提供晚餐，可我几乎没进去过。早上，就在房间里自己做早餐。或许缘于特殊的地理位置，在此留宿者多为好莱坞电影业界的相关人员，有时刚吸过大麻的嗑药者会发出奇怪的声音，在餐厅

里搞派对狂欢。

过了几天，我去花店买了一盆仙客来，还有一张桌布和一盏工作用的台灯。顺手擦了擦浴室的脏玻璃，房间一下子就变亮了。

没过多久，我便意识到，当时我所在的洛杉矶是个比想象中更不安全的城市，治安极其糟糕。太阳落山后，转过大楼昏暗的拐角，便能察觉有持刀的不良少年在周围晃悠。

在此之前，我的海外旅行经历只有塞班岛和曼谷，以及两次欧洲游。包括夏威夷在内，来美国这是头一回。此行目的，原本是想驾车周游美洲大陆，感受其辽阔。即便只守着洛杉矶，想外出采访也得有车，无车则寸步难行。

这次旅行，日本的汽车制造公司通过当地经销商免费为我提供了一辆车，保证四个月的使用权，实在是帮了大忙。

起初，我对左舵驾驶多少有些不知所措，可没过

几天，便能一个人随心所欲地前往任何想去的地方。副驾座位上，总放着大张的洛杉矶地图和一本旅行英语会话书。书虽派不上啥用场，也算有备无患。

彼时，还没有互联网和传真，原稿和插图需仰仗国际邮政，此外别无他法。在洛城的机场附近，有一家国际物流公司的事务所。只要能在傍晚五点前把邮件送到那里，就能赶上当晚的航班。收件人地址若在东京都内，翌日便可送达。

十一月的夜晚异常寒冷，洛杉矶也是，我很想弄个电暖器。没想到，那家事务所里竟然有个被炉，这实在令人感到诧异。每当我开着车，踩着点于五点前到达时，那位身穿长棉坎肩、负责接待的日裔大婶总是笑眯眯地说："稿子又晚了吧。"每天下午两点，这家物流公司从各大酒店和大型公寓收来信件和邮包，在店中分类整理后，寄往各个地区和国家。

刚到洛杉矶没几天，我就注意到一个现象：行人

两手空空，啥都不拿。若在日本，男性通常会背个肩包，女性则或挎包或手包，似乎是步行标配，早已习惯成自然。而洛杉矶的人，手里真没东西，看上去个个腰板挺直，英姿飒爽。

说真的，这种范儿也许只有在美国洛杉矶才能做到，汽车社会嘛。可有一样，人人心照不宣，那就是离开车时务必把所有东西都锁进后备箱。哪怕是一束花，也不能放在透过车窗能看见的地方。因为砸车窗偷东西的事件频发，得时刻保持警惕。

我曾多次与一位名叫保罗的美国年轻摄影师一道外出采访，甚至被对方提醒，连地图和旅行指南也要放进后备箱。此外，若我拎着大包小包，保罗也会示意我打开后备箱把东西装进去，以免我内心烦躁、注意力分散。

所以，作为一名摄影师，保罗总是一身便装，斜挎个大型三脚架，脖子上挂着两台相机，背上驮着个小帆布包，一副随时能跑路的样子。只有缠在脖子上

的围巾，才多少显露出一丝时尚感。从卫生间出来的时候，他就用那条围巾顺便擦个手。钱包也不带，钞票就卷成一卷，用橡皮筋箍住放进衣袋；零钱就用作小费，或干脆投入募捐箱。

二十世纪八十年代，日本进入泡沫经济时代，即便像我这种百无一用的自由插画师，也有一堆工作等着。在洛城期间，从清晨直到下午三点，我不是写稿子就是绘插画，每天连轴转，雷打不动。特别是广告业界，每天都跟嘉年华似的热闹到不行。洋酒厂商的广告业务员动辄杀到洛杉矶，游玩之余谈工作，旅游商务两不误。

我和只会说几句日语的摄影师保罗合作，为日本的摄影杂志提供连载素材，每月两次。在此过程中，可谓麻烦不断。一起工作时，我们常因琐事争吵，以至于工作中断。

我这边无法用英文准确表达选题构思和创意也是

原因之一，眼瞅着跟保罗之间的问题越积越多。有时，我着急忙慌地要重新拍摄，频率稍高，保罗就开始闹情绪，发牢骚，要求支付当天的薪水。最让人头疼的是，每一次，这家伙都抱着深深的怀疑问我："你的酬金到底有多少？"我俩一起去旧金山采访时，他也缠着我，要求付给他三个工作日的出差补助。说到底，这小子就是个二十出头的愣头青。

就这么个主儿，有一天竟然邀请我去他那位于帕萨迪纳的家——一间由仓库改建而成的工作室。大门一开，就把我震住了：一个极其豁亮的木造空间，视野中全无冗余之物；摄影器材都码在大架子上，整齐有序，又便捷顺手；从天花板上垂下的枝形吊灯，据说是从北欧淘来的。他指指点点为我做了一番解说，原来，工作室的所有工程，包括内部装修、货架组装及净水设备的配置等，都是他凭一己之力，用休息日等余暇时间，铢积寸累地完成的。

在我被领进房间的那一刻，过往发生的所有不快瞬间烟消云散。房间里两把米切尔·托勒（Michael Thonet）的曲木座椅，是他从梅尔罗斯的旧家具店里淘换来的，因椅面已开绽，算是白捡，随后他自己把它修好了。他一定是凭着当初要求我支付津贴时的那股执拗劲，跟店家死缠烂打，硬说"这破椅子就是个劣质货……"。我脑补着那场景，不禁哑然失笑。美国小伙强大而坚韧的品性，当真令我刮目相看。

其实在日本，我也曾造访过几位摄影师的工作室。房间里，瓦楞纸箱四处乱堆，目之所及一片芜杂，与保罗工作室的美感相比，简直判若云泥。

哪怕小到一只轻型铝制废纸篓，保罗也只选跟自己审美适配的产品，可以说出现在房间里的，全部是他能看上眼的东西。我想，正是这种彻底的决断力，才可能产生如此利落、考究的创意空间吧。

旅美四个月，关于美国，值得称道的事是一样没学到。仅驾车去了一趟纳什维尔，为期两周，做了一

番关于美国乡村音乐的田野调查。至于收获嘛，只有
保罗工作室的那份美，给我以震撼。用大红色油漆喷
涂窗框，那种色彩感觉，是日本人没有的。保罗与物
和工具打交道的独特方式，时至今日，都令我难以忘怀。
他的生活美学令我受惠良多。

最后的归国之日，保罗送我去机场。这家伙看上
去有点不好意思，红着脸悄悄递给我一份临别礼物。"打
开看看。"我拆开包装纸，一支巨大的宛如手电筒般粗
壮的六棱铅笔和一块肥皂大小的白色橡皮，赫然映入
眼中。

我一声"保罗……"脱口而出。他平静地点了点头。

家是有生命的作品

作家或画家过世后，其生活的宅邸，有时会被辟为纪念馆对公众开放。透过那个空间，人们可一窥主人的个性，想象其在创作时的姿态，感受其气场。如此说来，纪念馆的确是饶有兴味之所。

确实也有与作品意象深度契合的书房和工作室，可与此同时你会发现，归置到如此整洁程度的房间，实际上并不存在……伴随着各种浮想，我边走边看。隔着展示柜的玻璃，我仔细端详作家的手稿，凝视主人生前用过的桌椅，倒不是非要把眼前看到的全部一一在作品中对号入座，可当发现自己也爱用的粗杆万宝龙钢笔和画家的调色板时，还是会禁不住感叹："原来他就是用这支画笔，在这块画布上，画出了那幅杰作。"我抱着胳膊一动不动地立在原地。这一刻，我就像是一个追星少年，正热切地注视着自己仰慕的殿堂级职业棒球选手用过的手套或球棒。

与埋首于稿纸中的作家不同，画家常常被自己作画时的激情所裹挟，工作室的地板上残留着四处飞溅的油彩，像是刚溅上去的一样。

像这样，若能有机会一窥画家的创作空间，你将充分感受到，那个家不单纯是物理空间，还是艺术家的作品之一。

开高健纪念馆坐落于茅崎海岸，我曾两度拜访。三角形屋脊的白色建筑，连带一片松林的庭院，静谧而舒适。庭中曲径，被作家称为"哲学家小路"。小径旁的石碑上，镌刻着作家端正的手迹："缓中有急 开高健"。

看着眼前的手稿，作家的风貌和字体竟重叠在一起，令人瞬间领略到其中的妙不可言，"原来如此"，真是不可思议。

开高健以酷爱旅行而闻名，更爱的则是垂钓。钓具、拟饵钩和摄于阿拉斯加的照片，俱陈列在侧，而一旁

残存的酒瓶，则透出了"酒腻子"往昔豪饮的风采。

书斋与主屋分离，仿佛是为了进一步与尘俗隔绝，以便在林中独自生活而建。说是书斋，但浴室、卫生间、厨房等设施一应俱全，是可供作家沉浸式从容构思的不二之所。

书斋的墙壁上贴着阿拉斯加地图，图上还残留着形形色色的标记，记录着作家天马行空般的思绪。兴许，在写作的空隙，他会点燃烟斗，把喜爱的威士忌倒入玻璃杯中，一边啜饮一边静静地思索着什么吧。

作家是孤独的职业，日复一日，不得不面对自我，像挖掘内心的一口深井似的，持续创作。书斋里，当写作难以推进、一筹莫展之时，他会躲进酒店，与外界彻底断联，不惜把自己逼入绝境。写东西的人中多见酗酒者，恐怕是因为他们不知道自己究竟该从孤独中逃离，还是该自我逼迫，困于没有尽头的孤独中的缘故吧。

房间就是为乱放而存在的空间。

和上班族不同，作家大可一清早就开喝。只要写完稿子，大白天的便酒杯在手，边饮边回味刚刚用粗胖钢笔草就的文章，微醺中保持着清醒。真不知那一刻，书斋在他的眼中是一种怎样的光景。

文豪加酒豪的开高健，在五十八岁的英年离世。没了主人的书斋显得空落落的。我想，在他神采奕奕、喝着小酒写作的当口，书籍资料四处散乱，房间应该也是一片狼藉吧。

作家常常对像章鱼罐一般狭小、幽暗的封闭空间情有独钟，绝少有人在敞亮的房间里，透过大玻璃窗面海望山而写作。

相反，画家则喜欢光线明亮的工作室。描绘鲜艳色彩的画家通常在白天工作，因为在自然光下能更好地辨识颜色。为获取良好的采光，室内设计没少费心思，开放的空间也更便于人的移动。

在叶山的一色海岸附近，有日本画家山口蓬春的

纪念馆。那是一栋由建筑师吉田五十八改建而成的日本建筑,坐落于山丘上。舒适阔朗的日式空间,让人来一次便惊叹一回。

可以说,工作室融合且凸显了画家温和沉稳的性格,这也是叶山温润气候的体现。室内考究的日用器具和家私,无一不出自五十八之手。试想,若在这个房间里摆上法国或北欧风家具,恐怕只会感到碍眼。

据说,蓬春在每天作画结束后,定会勤于归置打扫。既为自己,也为翌日的工作。对画家来说,这是不可或缺的程序。

我工作室的北侧,有一面大玻璃窗。通常,手里的活一干完,我会把资料什么的归位,让房间保持井然有序的状态。若按上文列举的作家与画家对房间的不同偏好来对号入座,我显然属于后者。

家具类是我向老熟人柿谷诚订购的。他是我三十多岁时认识的一位工匠。这个男人,在富山县立山山

麓的粟巢野，经营一家名为"KAKI"的工坊，用西伯利亚松等富有柔光的木材，制作家具逾五十年。遗憾的是，他于十五年前离世，享年仅六十岁。我非常欣赏他朴素的生活方式，且深受其影响。

正因为如此，我在三十年前自家大改造之际，将全部改建工程委托于他，一点没犹豫。他曾为自己和富山一带的数名友人设计宅邸。不同的是，这回的地点在东京，间隔的距离有点远。

实际上，改建工程开始后，单是厨房周边的改造就让我领教了柿谷的厉害。厨房、餐厅合并，连成一个空间，然后，取其面积的一半，做成"コ"形厨房台面，厨台内侧设置烤箱和水槽。这种开放式结构，能让家人一边聊天，一边做饭、收拾。当时，孩子们还处于多愁善感的时期，我感觉柿谷的设计中注入了希望一家人能珍惜家庭共处时光的美好愿景。自那以后，三十年飞逝，我至今仍对发生在厨间的多次交谈，以及能得心应手地应付各种洗洗刷刷，心存深切的感

激之情。据说，主妇对现有的厨房总是心怀不满，或许，在传统厨房中看不见家庭成员的脸是原因之一吧。

家具，需一件一件慢慢备齐。不慌不忙、别吵别闹，依据自己的生活方式从容选择。

至今，我仍不时前往富山的"KAKI"打卡，订购一些小物。

被爱用的家具环绕的生活，是幸福的。木制家具之"好"就在于，哪怕旧了，添了伤痕，那也正是其"味"之所在。更不可思议的是，木头好像也有生命，在肌理中藏着恢复原状的神奇力量。木制家具和人一样，能自由呼吸。

若与同一家具共同生活四十年，你便能深切地感受到这一点。我有只存放大张洋纸的木箱，在打开它取出纸张的一瞬，仍能闻到松木的香气。家，既是生活空间又是工作场所，老头我满心欢喜地希望，家具和共栖于此的人，能同呼吸共命运。

百字专栏 对楼梯，万不可掉以轻心

踏空楼梯很危险，在楼梯上积存垃圾也相当危险。对楼梯，需时刻保持警惕。

垃圾大爱楼梯

楼梯上最易积存垃圾。垃圾大爱这些犄角旮旯"串联"在一起的隐秘之角。狭窄的楼梯不利于吸尘器的灵活作业，打扫效果也总是难遂人愿。因灰尘和垃圾导致滑倒，可就危险了。勤于打扫，比啥都好。

下楼梯要注意，上楼梯也一样

对老头我而言，楼梯扶手是绝对必要的。特别是在下楼时，需格外小心——人生的下坡路上，会发生什么，心里完全没谱。深夜，喝完小酒晃悠回家，一开灯，见妻子站在楼梯上，金刚怒目。看来上楼也不易，你无法预测，谁在候着。

楼梯上置物，工作量倍增

家一变大，楼梯间也随之开阔，便会在楼梯平台处摆放观赏绿植，因而也容易滋生垃圾。试试看，楼梯上什么都不放，你应该能真切地感到打扫的快意与上下楼的便利。这样一来，楼梯也就没那么可怕了。

百字专栏 有宠物，更得收拾

惹人爱的宠物是心灵的支撑，说不定，也可成为收拾的动力。

和动物一起生活的喜悦

在我家，人与狗、猫、金鱼和乌龟一道栖居。虽然不得安宁，却能随时感受宠物不求回报的爱意。动物也喜欢闲散自由且清爽干净的生活。需时刻牢记，动物跟人一样，对舒适的环境有天生的依赖。

为了共度幸福时光

每天，从吃饭开始到上厕所，琐事不断，有些宠物甚至需要外出散步。应对它们身上的气味也相当费工夫。宠物的生命短暂，饲养的人和宠物要珍惜共处的幸福时光。为此，人应竭尽所能收拾整理，营造舒心的环境。

对宠物，该严肃时得严肃

有的人家，大型犬动辄在客厅正中随意躺卧，或者叼着手机充电器乱甩一气，显得全无教养。为宠物所支配的人是不幸的。说到底，老头我才是生活的主人翁。

种差海岸的"别墅"

我的朋友多是性格大条、自由散漫的主儿，压根儿就没有能保持居家整洁、过得讲究的人。相反，尽是些让人搞不懂的家伙：打开家门，发现连玄关的鞋盒上都摞着书，想收拾却不知从哪儿下手。虽说还不到垃圾屋的地步，但每个房间都被书塞满，处于连门都打不开的状态。

有人在八岳或伊豆半岛购置了别墅，原本打算"诗意地栖居"，却被从城里的家运来的海量书籍、多斗橱以及旧桌椅弄得拥挤不堪，满目凌乱。时尚别墅该有的素雅氛围，全然不见踪影。

不过，其中也有让人觉得与别墅风格很"贴"的人。此人目光凌厉，因长期在大型渔船上劳作，精瘦而灵活，一看就是被锻炼出来的体格。

后来，他在八户市开了一家酒吧，成了老板。那些先前在船上一同协作的老伙伴，有时会过来喝一杯。

我和八户的朋友们组过一个乐队，专门演奏乡村音乐，坚持了几十年。每每利用周末，自携乐器，专程跑到八户去排练，晚上则开怀畅饮。最后，总得去老板的酒吧闹腾一番才肯罢休。老板是个书痴，特别对冒险类小说，那是门儿清。

一天晚上，老板向我发出邀请："明天下午，不来我的'别墅'玩玩吗？"据说，他的"别墅"位于著名的种差海岸，那里作为野生保护动物黑尾鸥的繁殖地而声名远播。

海岸距离八户市市区，大约三十分钟的车程。那一带，土地颇为抢手，市区的有钱人争着去建别墅。

老板开着一辆二手德国车，叮里咣当地来酒店接我。他那标志性的寸头和凌厉的眼神，散发出"不是一般人"的气场。时至今日，他身上仍残留着往昔作为不良分子的暴躁与不羁。

我俩年纪相仿，都是初入老境，可显然人家属于"硬派"不良，相形之下，我这个"懦弱派"不良，似

乎只能认屄。

海岸边有个小屋，是存放海滩清洁工具的地方。

"喏，那就是我的'别墅'。"顺着老板指示的方向一看，是一面撑开的巨大的防水帆布帐篷。帐篷下铺着在公共浴场更衣间里常见的竹苇席，给人以整饬而清爽的观感。

我愣住了，继而大笑起来。老板也笑了："咋样，不赖吧？"随后，他面带一副小得意却又不挑明的神情，抱着胳膊，目不转睛地凝视着大海。

海岸线在此形成了一个小小海湾。细腻的白沙滩伸向远方，沙滩上丁点垃圾都不见。据说，老板每次过来，都会默默地埋头捡拾垃圾，以一己之力守护着种差海岸的大自然。夏天，他也是独自一人，沉醉于帆板冲浪的快乐里。我总觉得老板有点像热爱大海的海明威，不由得向他投去钦羡的目光。

帐篷的一角，放着一盏美国制煤油灯和几本书，还有一张用金属管拼装而成的床以及一只睡袋。

在一顶像是受灾时才支起的茶色防水帐篷下，老板烧水为我煮了一杯咖啡。不是速溶的，是正宗的虹吸咖啡。

老板有一搭没一搭地聊着他的"别墅"。酒吧通常在凌晨一点打烊。然后，他开车至此，一边凝望夜之海，一边独享威士忌。

饮用水是山中甘泉，老板特意装入水箱运来海边，每次只带够喝的量。

"别墅"里有条铁则：无用或碍事的东西，一概不带。故此，咖啡杯也仅限两只大号搪瓷马克杯，且绝不带任何食物。因不带入任何可能产生垃圾之物，也就没有垃圾。

如此，与大海和威士忌独处个把小时后，他便在帐篷下一觉睡到天亮。冬日里，强劲的北风裹着雪花飞舞，"真真儿地能把人冻死"，老板笑言。

　　"别墅"生活一般始于出梅后，从夏到秋。酒吧，是他和漂亮媳妇联手经营的；去"别墅"，则是老板一人独享的时光。如此悠闲的生活，倏忽已有十年。

　　眼瞅着，周围气派的别墅纷纷建成。老板冷冷地笑言："那些业主呀，充其量也就夏天来个一回半回的。"

　　盛夏时节，时而有暴走族从外县飙驰而至，他们或骑大排量摩托或驾车，故意炫出刺耳的轰鸣声，唯恐路人听不见。

　　"那种情形下，该如何是好？你不害怕吗？"听我问出这些傻里傻气的话，老板说，他就喊一句："喂，安静点。"然后从帐子里慢悠悠地走出来。如此一来，对方反而先怕了，掉头就跑。

　　"老板，这也太酷了吧！"我脱口说道。对方若无其事地嘟哝了一句："他们不过是群孩子。"

　　老板是水手出身，对大海有超乎常人的眷恋。将

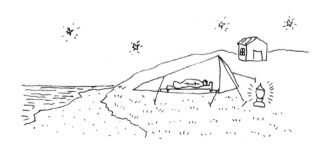

种差海岸之大美世代传承下去，成了他的一种执念。于是，在当地渔人的协助下，他呼朋引伴，建造了海滩小屋。

随后，又搭起了"别墅"。在自己曾经谋生的地方，只携带最低限度的必需品，他开始思考：该如何行动，才能保持这片土地的自然景观。我想，老板兴许就是在自己的"别墅"里喝着威士忌，收拾好自己的心情，然后付诸行动的吧。

没过多久，东日本大地震来袭。种差海岸惨遭海啸洗劫，受灾严重，小屋连同老板的"别墅"均未能幸免，全被冲走了。

我打电话表示慰问，老板底气十足地说："我会重建的，一定要来哟。"时光匆匆，也许是老板喝了太多的威士忌，终致咽喉癌恶化。生命如潮退，老板骤然而逝，享年七十八岁。

漂洋过海的稿纸

稿纸绝对不能扔。

并不是说我已在稿纸上创作出了海量的作品，但至今，我依然用圆珠笔或钢笔吭哧吭哧地爬着格子。

过去十年，满寿屋的稿纸是我的最爱。作家老友们多已"换笔"——改用电脑写作。"我已经不会用稿纸手写了"，一位入手电脑的朋友如是说。电脑，毕竟太便利了。

话说在文字处理机和电脑刚兴起的那阵子，我比谁都快，第一时间把它们弄到了手。可八成是我的头脑不够灵光，在用罗马字输入，特别是敲浊音时，思路总被打断，动辄陷入卡顿，脑子里一片混乱。于是，我痛定思痛："看来，也只能在稿纸上度过余生了。"一旦决定，我便立即将目光转向高档钢笔，百利金、万宝龙……在囤货的路上一通狂奔。

　　用钢笔在稿纸上写作，意味着不再需要像用电脑那样依赖电源，也无须为放置电脑而腾挪空间，为习得各种操作所花的时间，自然也一起省了，自己只需专注于写作即可。光想到这一点，头脑便顿觉清爽。不过，随之又来了新问题：那些将来说不定能用来写出点什么的空白稿纸，在家中成叠成捆地堆将起来。虽不至囤到连箱子都装不下，但对稿纸的热情总被一键激活："不定啥时候就派上用场了呢。"

　　更难办的是出版社责编帮倒忙的好意，声称"仓库里的稿纸堆得跟小山似的"，紧接着就发来一批。可四百字一页的大张稿纸，我家的袖珍传真机吞不进去，最后只好连纸箱一并塞进储藏室，把一页二百字的小张稿纸放在手边备用。如此，若是来记一笔空间账，这跟把不用的电脑装箱存放，里外里一个样。

　　近年来我在中国各地旅游，一进文具店，目光便

不知不觉锁定在稿纸上。中国的稿纸形形色色，有时会碰到一页二百五十八字的，或一百八十字的，在日本人眼中，尽是些谜一般的字数。虽说纸质不佳，粗糙的纸面泛着陈旧之感，却散发出独特的中国韵味，气质不俗，没理由不入手。

可怜这些有格调的稿纸，就那么躺在纸箱中，被置于书架或阁楼的角落，一动不得动。

用传真机传送稿件时，如果湿气过大，纸会卡在机器里。为了取出这张纸，甚至费上半天工夫的情况也是有的。因此，在潮湿的夏季，用传真机传送稿件，是件挺让人悬心的事。

不过，若想用四百字的稿纸包点什么，倒是蛮方便的。可它毕竟不是包装纸。一想到神圣的稿纸被亵渎，包东西这种顺手而为的事也踌躇起来。

如果把自己积存的稿纸堆叠在一起，恐怕得超过一米高。我该不会就这么一直被稿纸的紧箍咒束缚着，

了此残生吧。不禁想起，绘本作家佐野洋子去世后不久，她的事务所曾给我寄来大量印有洋子名字的专用稿纸，我把这些稿纸分发给她的粉丝，大家反而很高兴。

稿纸和画纸都怕潮。因此，购入绘画用纸不宜超出所需用量。我把它们装在特制的木制纸夹内，再放入干燥剂，且勤于更换。

一进超市，不知不觉中人就站在各类除湿用干燥剂的商品区，随心所欲地将手边的商品一个个买了回来。

不知猴年马月才能启用的稿纸保存箱里，也放些干燥剂。因担心干燥剂的使用期限，我会在纸箱上清清楚楚地标明日期。稿纸仿佛也有生命，得多费点心思。

可我真心不知道，怎么才能用完纸箱中的稿纸。

我想，废寝忘食地码字不止，不久应该也能将稿纸消耗殆尽了。可对老头我来说，接下来想写的事也没那么多。

可纵然如此，只要一进文具店，总能发现货架上的新品稿纸，上面的格线新颖且时尚。按理说，我应该已经抑制住了对稿纸的占有欲，可身体却很诚实："呀，这个格线装饰得可真美。"最终，又不由自主地拿下。

痴迷于稿纸的人，想要占有钢笔的执念自然也跟着水涨船高。这就像车子的两轮不停地转动，你追我赶的，速度可快了。

随着个人电脑的普及，令人意想不到的是，手写派的数量反而逆势增长。如果说，眼下古董钢笔专营店人气了得，那我觉得，也已到了为古董稿纸站台、开店营业的时刻。

正因为如此，稿纸绝对不能扔。我甚至觉得，尽力保护、保存这些稿纸的感觉，就跟保护濒危物种一样。

大约十年前，我结识了一位毕业于北京某师范大学的中国作家。此君擅长日语，对神保町旧书店之熟

悉远在我之上，且精研日本现代文学。他写作自然是用电脑，但他对钢笔有着超乎寻常的迷恋。每来日本，必入手日本制钢笔。在咖啡店里，他常常把钢笔从皮套中抽出，于手中把玩，目光热切。

一次，我俩在神保町碰面。他对我说："若是稿纸有富余，能匀给我一些吗？"我知道他在大学教日语，日本制的纵格稿纸，刚好可以用来让学生练习竖写日语作文。他的需求量蛮大，因为班上有三十名学生，四百字一页的稿纸，有必要人手一册。

这可真是太巧了。对我来说，此等良机岂容错过。到家后，我先从阁楼里把各出版社寄赠的稿纸取出，然后精心地装进纸箱，准备用海运发往北京。当然，装箱时，不忘在这些漂洋过海的纸张缝隙处放入干燥剂，然后密封。

纸，相当沉，超乎想象地吃分量。我在邮局寄出了五个纸箱。那一刻，深感自己被束缚的灵魂终于得

到解放，身心一下子轻松许多。

三个月后，得友人来信："学生们对日本稿纸的质地之优、品位之高，心怀感佩。"虽说运费不菲，但结果却令我欣慰。那批稿纸当初没有处理掉，被我珍藏起来，实在是太好了。

又过了两个月。学生们在稿纸上书写的视频传来：是一节《万叶集》的课堂实录。中国人书写汉字的美感，令我肃然起敬。尽管假名的笔画尚欠灵活，但汉字的部分，则显示出中国学生的得心应手。那些文字里，蕴藏着不可动摇的自信。

别墅梦断

无论是有钱赋闲的中年人,提前离开职场的"躺平"分子,抑或是到年纪退休的老年人,都有一个别墅梦。爱山者,可选择在绿意环绕、寂静的八岳或富士山麓置业,又或者,即便夏天也无需空调的白马地区也不错;那些只听闻海浪声便备感幸福的人,则尽可将南伊豆和房总半岛作为自己的梦想之地。

生活在都市密集的楼群峡谷间的人,一边哀叹着,"啊,透不过气来,真想换个地方活",一边对着电视屏幕出神。常驻也好,移居也罢,节目里尽是些令人心荡神驰的田园生活画面。八岳高原静谧的山村,南伊豆的温泉旅馆,全然一派人生乐园的写照。

在那一看便迥异于日常的新生活场景中,夫妻二人手握锄头,耕种着一片小小的田地。美丽的大自然,映衬出神仙眷侣退休后的优哉游哉。村民们也热情地欢迎这些移居者,且不断加深着彼此的情感。

这类在电视上出镜或在杂志上亮相的夫妇，都相当时尚：紫色羊绒衫随意地披在肩上，身后的货架摆放着各种罐装的自制果酱。冬日里，一定要在烧木柴的壁炉前品味白葡萄酒，单手持杯，面带微笑，眯着眼享受全新的别墅生活，慨叹着"夕阳是如此美妙"。

"孩子们也大了，此后的人生，就是我们俩的世界啦。"歪在一旁的黑色拉布拉多犬似乎也挺兴奋，摇晃着尾巴。

节目中，也有坦言不惜豪掷全部退休金、开启第二人生者；此外，还介绍了一对年轻夫妻，他们践行周末候鸟式的移居方式，展现了一种全新的乡村生活理念……电视，可真是个美梦推销匣。

倡导田园生活的杂志也如此，宛若在糖糕上又撒了层巧克力粉。明媚的阳光照进餐厅，窗外，南阿尔卑斯群峰连绵，异常壮美。露台上，夫妇二人共进早餐，番茄和面包都是自家种植、制作的。"我们一眼就看中了这块地，死乞白赖地求农家转让给我们"，终得梦圆。

退休二人组颇为感慨的样子，念叨着："人生毕竟只此一回。"

说起来，有段时间，一对匠人夫妇在杂志上频繁露脸，基本变成了工作。丈夫是自制火腿和手打荞麦面的名人，妻子则是手工毛衣编织家。说到梦想成真的生活，两人干劲十足："开一爿咖啡店，饰以应季的鲜花，然后在此自制面包。"

高原的秋天来得格外早。时值晚秋，"Vermont Castings"牌壁炉已开始工作，不紧不慢地为室内升温。很显然，"简单生活"是夫妇俩不言自明的共识。小小的音箱里，流淌出莫扎特舒缓的旋律。

若能允许我把个人想法传递给那些憧憬别墅或田园生活的人，我最想说的一定是："在那之前，先把自家收拾利落，再做梦也不迟。"好不容易把别墅弄到手，却愣是把梦想之家当仓库用，如此厚颜之徒委实不少。一到休息日，便用租来的小卡车，把那些旧柜、旧桌、

老风扇、破自行车、成堆的旧书和原本早该处置的旧物，接二连三地运至别墅。结果呢，城里的家倒是挺清爽安心，可迈向别墅的脚却怎么都抬不起来了。过不多久，杂草丛生，小树变杂木；藤蔓攀缘，别墅最终变废墟。妻子、孩子、孙子，谁都不爱去，说"有妖怪出没，怕怕的"，卖又卖不出去，每年只能干缴房产税。

我的熟人和朋友中，能定期打卡、有效利用别墅的人，一个也没有。若问起来，脱口而出的答案竟惊人地一致："太忙了，没时间。"话虽如此，每年却雷打不动地去夏威夷度假，要么夫妻同行，要么与公司同事一起。一旦伴侣中的一方生病，乃至死别，那就意味着跟别墅彻底拜拜了。

有鉴于此，我才想反复强调：无论如何，先把自家收拾好。不切实保证这一点，反而会无视眼前，刻意把目光投向诗意的远方，最终也只是徒增空间和时

间的管理成本，给自个儿添堵而已。

　　从十几岁开始，登山就成了我的兴趣。从北阿尔卑斯、八岳群峰起，但凡有点名气的山，我几乎登了个遍。可购置一处山中别墅的想法，却一次也没有过，因为，我已经充分认识到别墅管理之不易。在登山的归途，也见过太多破败颓圮的别墅区。我深知，再多出一个家，负重而行有多难。

　　在山地别墅，须格外小心的是高山反应。上年纪的人，在海拔超过一千米的地方，会出现各种问题，甚至可能失去意识。而近期的别墅开发，莫说一千米，就是在一千五百米的高程盖房子，也不在话下。

　　老话说，人上了岁数不宜迁居，否则健康会出大问题。被那方水土长期养育的身体，自然也适应了那片土地。住惯的街镇，最让人感到安心。就算抱有些许不满，也不至于影响生活，照样身稳心安。山上满目绿意，空气清新，风景佳则佳矣，但鱼是无法在清

澈的水中自在生长的，别忘了，水至清则无鱼。

比起脚蹬结实耐磨的登山鞋走山路的人，那些喜欢轻触土地的户外运动者，更梦想拥有别墅。时而会有"梦想家"向我咨询相关信息。我便顺势建言："请错开赏心悦目的观景季，大雪天也去体验一把山中风光吧。"我觉得，再没有比数九寒天、雨雪交加下的清冷别墅更令人心痛的风景了。夏日里，在荒废如死城的别墅区，成堆的垃圾片片相连，空气中弥漫着阵阵恶臭。

在二十世纪八十年代的泡沫经济时期，蹩脚廉价的别墅如雨后春笋般冒出地面。一晃眼四十年过去，今天再一看，那些建筑连屋顶都歪斜了。

别墅标配的柴暖炉以劈柴为燃料，而劈柴的来源主要是阔叶木。可橡树等阔叶原木，须干燥一年以上方可使用。若去乡下，你会看到那种农舍：劈柴堆积如山，几乎遮住了茅草葺顶的住宅——那才是真正靠

砍柴生活的人家。整个冬季，得用多少木柴啊，局外人完全无从判断。有人会说，收集山上的枯枝败叶，点起火来不就得了。你以为这是什么，篝火晚会吗？都以为乡下人热情亲切，可就算是捡根树枝，或掐朵畦边的彼岸花，也有人盯着你："那可是俺家地界里的东西！"老爹的声音响彻山谷。

别墅建成时，若邀请乡亲们来热闹一下，村人们会在席间谈笑风生："不管啥时候，有事就吱声。"可平时，对外来的陌生人，他们却相当冷漠。其实普天下哪儿都一样，我甚至听说，有些地区，不办理居住证迁移手续，就不给处理别墅的垃圾。

原本在大都市安居乐业的中青年，头脑一热便移居高原或海边，先是没了工作，剩下的就是坐等离婚或妻离子散了。

梦想成为手打荞麦面匠人、手工香肠制作者、木工创意家、绘本画家，或开一家观星民宿、森林咖啡屋什么的，听上去固然很美，可在那之前，不妨先带着深爱的妻子和孩子，在隆冬时节，亲自去当地考察、体验几回，然后再做决定也不迟。

更何况，夏日里，在高原种植蔬菜的农家须午夜零点摸黑起床，全家出动，自带盛满白米饭的便当，两点钟到达菜地，在投光灯的照射下收割莴苣。对此，别墅里的人却并不知晓。

一片土地自有一片土地的活法。年迈体衰的老头贸然前往不熟悉的地方，恐怕也只能成为碍手碍脚的累赘。就像穿衣要合身，人还是得过适合自己的生活，除此之外，别无他法。

寒冬来了，梦幻的露台被积雪覆盖。人待在有风穿堂而过的宽大客厅，取暖少不了壁炉的加持。一个连自家收拾都疏于应对的人，无法与严酷的自然对峙。若想从不靠谱的美梦中醒来，回到现实，与其去找当地房地产中介，不如先和当地税务部门好好咨询一下是正经。

　也有让人引以为傲的别墅。这方面，我或许可以抛砖引玉，略陈一二。近十年来，我常和孩子一道，带着孙子去探访自然资源丰富的长野县川上村，每年总有五六回。落脚地是一处公共设施，我所居住城市的市民在此享有优先入住权。在宛若山中小屋的住宿场所，我们通常会住上四天三晚，读读书，写写画画，眯个午觉，然后去附近的山野转一转。从住处开车约二十分钟，便是有日本的"优胜美地"（Yosemite）之称的小川山岩场，满眼都是尖锐的奇石。儿子一家沉醉于风景中，流连忘返，动辄能玩上一整天。

　川上村有超大的浴场和各类美食。连平日在家总绷着一张脸的妻子，一到此地也变得柔和起来，冬天甚至和孙子们一块参加滑雪集训营。近年来，这类公共机构服务升级，不仅提供美味的餐食，且环境清洁，无障碍设施完备，远胜一些简陋的商务酒店。只要避开夏天的旅游旺季，有效合理地利用，其实跟自家别墅没啥两样。

不过，日本各地每年都会遭受自然灾害的侵袭。无论登山、渡海抑或在大都市旅游，不管去哪儿都大意不得。一看到河川泛滥的影像，我的胸口便隐隐作痛。对老头我而言，悠闲欢快的周末别墅生活似已渐行渐远，变得有些缥缈了，但也没法子。

比起背负一幢别墅，从而使日常的家务倍增，把自家衣橱的内容减半，并不是什么难事。再加把劲，努力把家拾掇利落，多余的东西统统扔掉吧。

从此迈进新时代：纵使空间窄小逼仄，人也要尽享舒适。

登山即收拾

从十几岁起，我就迷上了登山。先从关东周边的小山起步，不久，我便把目光投向了更高的山，如八岳、谷川岳、穗高等名山，它们都曾见证过我的汗水。

置身于大自然的登山者，往往会为两种感觉所征服：不受束缚的自由感和时空的开放感。原本只是一个人漫无目的地走着，蓦地被视野前方壮美的山景所震慑，在登顶的那一刻，不禁百感交集，喜极而泣。

登山作为一项与大自然打交道的运动，有时难免与死神背靠背。唯其如此，对登山装备须慎之又慎。有时，登山背包的填装方式，甚至会左右登山的安全性和人的疲劳度。此外，向目标山峰进发途中，需随时清理携带物，以便轻装前行。

即便是当日往返的远足，也应备好雨具、水壶、头灯、地图、指南针和食物等必需品。

　　攀登的时间，包含了赶路、补充食物和整理背包所花的工夫，相当于三者的总和。冬天，不小心弄丢一只手套或一顶帽子，这种事断不可饶恕。山顶正下方的酷寒和强风可不是闹着玩的。不做好防护，冻伤是分分钟的事。

　　更何况，若携带帐篷入山，负重增加，整理的频率也需相应提高。所以，切莫小觑那些登山老手，个顶个都是心思细密的主儿。只要一进山，他们的目光便敏锐如鹰隼，浑身的感官都调动起来，眼观六路，耳听八方，一切尽在掌握。

　　登过几次山之后，个人的风格自会确立：或是独自一人默默攀爬；或是与若干合得来的伙伴沿山脊向上行；或是在严寒中挑战登顶冬日的山峰；抑或是用绳索攀岩。唯行山之事颇具堂奥，对山的探索才永无餍足。

　　享受登山的乐趣，是我从哥哥那里学会的。我还

是小学生的时候，被上高中的哥哥带着，爬上了奥多摩的川苔山，那是我初次体验登山。彼时，哥哥的背包里装着糖球、冰糖、橘子、饭团等好吃的，且都分装成小份，事先在包里码好。小憩补给时，只需依次从上往下取用即可。

登顶时的成就感，让我不由自主地举起双手，连呼万岁。远山层峦叠嶂，壮美而庄严，那种雄大的风景简直让我看呆了。哥哥展开地图，指着一座座远峰，念叨着山名，自顾自地点点头。

初中时期的哥哥，放学一回家便全身心地投入学习，直至深夜。桌前贴着计划表，严格遵守既定方针是哥哥学习的不二法则。这倒蛮契合他一丝不苟的性格，也赋予了他某种自我实现感。

升入东京都立一所优质高中后，哥哥旋即加入了校登山俱乐部，每逢休息日，必出门登山。如此执着的背后，兴许是出于对父亲独断专行的反抗，想要逃到山中去也未可知。

一次，我俩正在山顶上吃着哥哥做的饭团，大约十位来自社会山岳团体的登山迷，手臂搭肩围成一圈唱起了俄罗斯民歌。哥哥见状也加入其中，带着兴奋的表情跟着唱起来。平日里，我从未见哥哥有过如此快乐的神情，那是头一次。

下山时，哥哥朝向山顶摘下帽子，深鞠一躬。接着，他最后检查了一遍登山包里的物品，确认没落下东西后，我俩下了山。

一升入高中，我便读起山岳类书籍，在家中的院子里支顶帐篷，一个人在灯下自炊，其实是抱着某种对遁世生活的憧憬，刻意作"闭关"状。

置小几于帐篷内，端坐于几前，时而凝视粗蜡烛，内心便能收获平静。在竹苇上铺层席子，即便是大冬天，也一定要裹在睡袋里迎接朝阳。母亲不时过来窥探，笑言道："可怜的娃。"

人在如此狭小的帐篷中，可向内自观，正所谓"神

不外驰心自定"。虽说帐篷不是茶室，可是，用便携小炉烧水，静品茶香，还真能接近忘我的状态。

话说至此，我倒想起个人来。此君进山，特意带着陶制高级茶具，一个人像模像样地打起抹茶来，美其名曰"品味登山前的寂静"，就这样陶醉其中。

我也曾多次挑战喜马拉雅诸峰。翻山越岭，绵延的山路动辄走上好几天。如果没有夏尔巴人向导和背夫的助力，徒步喜马拉雅几无可能。那阵仗，每天都跟诸侯携仗出行似的，前簇后拥，浩浩荡荡，而作为"登山者"，我却可以无忧无虑地远眺群峰。越是这样的时刻，越是深切地感佩于夏尔巴人筹划的周详。他们从不携带任何冗余之物，随身的登山包里只有最低限度的必备物资。从未见过夏尔巴人疲惫的神情，他们总是一脸笑容，使人心宽。

大学毕业后，哥哥走上了学者的道路，比起自然

之山，更醉心于学问之山。而兄弟我却愈发沉迷于高山奇峰的世界，无力自拔。

登山用具，光是登山鞋就有夏山鞋、溯溪鞋、轻便攀岩鞋、雪山长筒塑胶靴、滑雪鞋以及硬底鞋等多种，加上帐篷、睡袋、冰镐和冰爪等工具，真可谓应有尽有。

登山服何尝不是如此，更新迭代，层出不穷，每每望之，便心动手痒。若此，抬头望天，想说服自己"登山还是简单点好"，绝非易事。休息日，本该去登趟山，反被家人催着收拾登山用具，一句冷言撂给你："好歹也给壁橱留点空间吧。"

有专为爱囤货的主儿预备的租赁储藏间。在远离市中心的郊外马路边上，排列着像西瓜虫似的周转箱。把那些因过季而闲置的滑雪板、冲浪板什么的存放在那儿，其实蛮合适。按月计费，价格也便宜。

但是，时光匆匆，疏忽是大敌。

随着岁月的流逝，你会突然意识到问题的严重性。神不知鬼不觉地，租赁费有如飘落的雪花般不断积存：

然后，融入山野。

"唉，不应该呀……"

基于此，在你决意租用储藏间之前，登山用具之类还是下决心整理一番为好，要么送人要么处理，轻便比什么都重要。

从为物所困的生活中突围，偶尔体验一把在小帐篷中露宿的山之旅，你便能收获一种切身的觉知：什么是所需之物，什么是身外之闲。

最初躲在帐篷里听音乐，渐渐地，感觉那些卡带中的声音愈发刺耳，令人心生腻烦。

风声、鸟语，加上远村孩子的欢笑声，足矣。遑论大山里，还有一个静谧的世界在等你。

百字专栏 挖耳勺和扫除

挖耳勺该作何用？它是常用之物吗？答案竟与打扫住宅异曲同工。

挖耳勺的小宇宙

行旅中，有人爱顺手买只挖耳勺，权当纪念品。挖耳勺上常配有铃铛或小芥子人偶等挂饰。当然，药店里也卖挖耳勺，质地是那种蓬松柔软的脱脂棉。有些人颇迷恋此道，甚至在起居室和书房也掏耳不停。

凡事不能做过头

泡澡后的"棉签派"委实不少。用棉签掏耳，应止于轻轻吸去水分的程度，若连续深掏，易造成耳道损伤。须知，耳朵是坦诚听取他人意见的重要器官。打扫亦同理，用力过猛，得不偿失。

挖耳勺收进药箱，清洁交给专家

把挖耳勺收入药箱，暂且封存吧。打扫也是，莫选择过于复杂的工具，用低负担的简易工具坚持每天清扫，才是正经。耳朵的清洁就交给医生，力所不逮的污垢，拜托专业人士最为稳妥，安全无意外。

百字专栏 镰仓的收拾狂

玛一丽说，收拾是做人的根本。我来全部搞定，一扫而清。

收拾狂会呈现何种秉性？将这点纳入观察，并作为收拾时的参考，也蛮有趣。

总之，做什么都快

我曾在镰仓的画廊办过几回个展。听说画廊女老板的女儿是一个收拾狂，经常电光石火般地扔掉家中的冗余物。节假日，吸尘器、洗衣机从大清早就开始轰鸣。不管做啥，一切快如风。

快的秘诀是果断

因为决断迅速，她年纪轻轻便已离过两次婚。每次和那闺女打照面，我俩净聊些收拾打扫的话题。我说自己清理厨房时会用小苏打，对方说"过于温暾啦，要上猛药"，随口报出专业清洁人员才用的业务专用洗涤剂的品牌名。

决断力是收拾的法宝

因为人美，且总面带笑容，那闺女相当招人喜欢。她本人也从容大气，觉得再结两次婚的话，自己满意且懂她的男人一定会出现。她说，会准备一张双手各持一大一小吸尘器的照片，用于相亲。能迅速作出决断的人，周围总收拾得井井有条。

无法断舍离的红色咖啡壶

日月如梭，我和妻子结婚转眼已有五十载，儿女也年届不惑，连孙辈都有了四个。

我们相识于大学时代。她是清纯、率真之人，凡事喜欢向前看。我俩以三天一封信的频次交往五年后，终于结合。

一九七二年（昭和四十七年）的秋天，我们一道，在国立市的公寓开始新生活。彼时，街道上飘荡的旋律是《我们结婚吧》（吉田拓郎）、《濑户的新娘》（小柳留美子）等流行歌曲，倒是挺应景。

我任职于一家小型童书出版社，乘着经济高速发展的浪潮，工资直线飙升。妻子在一所中学当教员，每天骑单车到南武线最近的车站，乘电车通勤。

二十世纪七十年代，每个人都相信明天会比今天强，未来的生活更美好。这是人们切身的感受。

作为订婚纪念，我送妻子的礼物是一只红色珐琅

咖啡壶。在那间蜗居的厨房，咖啡壶的存在感超强，成了我家的时尚名片。到了冬天，家里又添置了心心念念的阿拉丁柴油暖炉，蓝色的火苗俏皮可爱。

大约一年后，因"价廉物美"而让人挤破头的都营住宅举行抽签活动，我们意外中彩，便搬到了町田市。住宅的卫生间还是老式木质结构，好在南侧的院子洒满阳光，温暖舒适，刚出生的女儿躺在我亲手打制的木摇篮里，睡得很踏实。女儿稍大些，就在附近公园的沙池里独自一人玩耍。随着第二个孩子的降生，妻子暂辞教职，在家带娃。

后来，我购入一辆便宜的二手车，每逢假日便带着妻子、女儿和刚出生的儿子去町田周边的公园兜风。

春来秋去，妻子再次参加教师资格考试，得以重登讲坛。而这次，她进入了很早以前就想去的保健专门学校就职。

我也从工作了十五年的出版社辞职，决定以自由之身谋生计，这对我来说，不啻人生方向的大转航。

随后，我们在郊外的山坡上建了一栋小小的住宅。房子几经扩建，不知不觉中挥别昭和，迎来平成时代。

女儿考入美术大学，儿子就读于市区的一所高中。

一想到家人，我就觉得自己这辈子挺幸福，会发自内心地感谢妻子和孩子们。但有阳光的地方就有暗影，幸福与阴翳像极了生活的一体两面。要说我有什么具体的烦恼，或许会让人觉得是在小题大做：家人都太惜物了，啥都舍不得扔。此等琐碎小事，却让我颇为介怀。

町田市区，有个大型垃圾处理场。每三个月，我们便把一些不再需要的东西装车运到那里处理掉。随着孩子们的成长，家中的新产品也在不断增加。

章鱼烧套装、自动烤面包机、大型吸尘器、电动年糕机、电动肩颈按摩仪、除湿器、电暖气、便携式瓦斯炉以及小型空气净化器等，电器产品花样翻新，

如浪潮般袭来。

　　闺女、儿子渐渐长大成人，先后成家，这本来挺好的，可是，从撑好木框的大幅油画画布，到从巴厘岛带回的饰有贝壳的怪异手提灯，甚至冬天穿的长靴，他们把什么杂物都放我家，还口口声声说"下次过来取，暂时放在这儿"，这分明是把父母家当成了自己的储物间。儿子更是不把自个儿当外人，加上住得近，连衣柜里的内裤都保持原状不拿走，不仅在我们这边泡澡，还动不动就跟媳妇一块儿待到吃晚饭，每周必来点个卯。

　　当我想处理收在壁橱顶柜中的钓具时，儿子竟大言不惭地说："那可是比命还重要的东西呢，先放着呗。"这是什么话？自家太小，却在老头我这儿悠然自得。

　　我一想扔东西，妻子就护着："放他们自个儿屋里不就得了。"没想到一把年纪了，对孩子的娇惯却与"岁"俱增，漫无止境。兴许是孩子们离巢自立后，爹妈反

而备感寂寞的缘故吧。

俩孩子结婚都十年了，可房间壁橱和储藏室的角落里总堆着几只纸箱不拿走。光卡式收音机就有五台，妻子说"都还能用呢"，便顺势一溜儿码在床边，死活不撒手。

我冷言道"还是扔了的好"，她立时像牡蛎壳一样身体紧绷，缄默不语。从教学岗位一退休，妻子愈发爱攒东西，桌子上、书架里堆满教学用的薄木片和硬纸板，海量的资料及文件夹满坑满谷。

随着年龄的增长，人会变得越来越顽固。每当我想着收拾一下，扔点什么的时候，妻子总是两眼泛红、表情恐怖，大声嚷着"吵死啦"，随后把自己关在房间里不出来。

"都七十多岁的人了，该断念断念，该处理处理。"即便我把话说到这份儿上，妻子还是双手捂住耳朵，一味逃避。

难道处理掉那些教参和文件，真的会让人如剔骨

削肉般痛不欲生吗？

　　既已平安退休，哪怕处理掉一半，也算图个清爽利落。这可倒好，非但资料不能碰，连教师同事们送的旅行纪念品也铺得哪儿哪儿都是。

　　再拉回到眼前，孙子们的玩具正在客厅泛滥。女儿有一对上小学四年级的双胞胎男娃，几乎占据了老伴的全部身心。只要娃们来了，玩具就绝对敞开供应。

　　何况，儿子那边还有俩娃，他们的动静更大。小家伙们的餐具和茶碗套装都得备齐，人手一套。餐具柜里，五颜六色的杯盘碟碗，自然满满当当。

　　奇怪的是，女儿一来我家就开始收拾屋子，劲头之大，俨然把此举当成了拾掇自己未来终老之所的演习。收拾完，必在 LINE 上给我发视频，展示房间变得有多整饬。

　　原本我整理自己的房间，只是为了更便于工作而

已，没承想，却因此催发了女儿的干劲。为了给她加油，我把工作室的照片传给她。就这样，父女俩每天用 LINE 交换信息。

我这里，吐槽她妈妈啥都不能断舍离；她那边，抱怨自己的丈夫也一样，光 T 恤衫就有四十件，旧唱片也必须都留着，甚至放话，若扔掉哪怕一张，就离婚。

再加上最近地震和各种灾害频发，妻子在厨房储物架上囤积的食材简直堆成了山。按她的话说："不储备个仨星期的量，那可不成。"

我家收拾的终点，遥远得望不到头。

女儿似乎对家里的红色珐琅咖啡壶觊觎良久，时不时地跟妈妈请求："那个，给我呗？"妻子的回答简洁有力："不成。"随后，又补上一句，"红色咖啡壶，是我们老两口仅存的牵绊。"

巴黎人无需浴巾

我在五十多岁时创作的绘本《大家都喜欢啥？》（福音馆书店）付梓后，巴黎一家出版社决定推出法文版。

以此为契机，接下来的几年，我得以数次前往巴黎。前后算下来，我逗留巴黎的日子共有四个月之久。从酒店到短期公寓，我在那个城市四处奔走，自揣对巴黎人的生活多少有了一些了解。

在访问位于巴士底广场附近的出版社时，我受到了相当热烈的欢迎，在编辑部大楼的半地下餐厅吃了顿简餐。和日本的出版社不同，这里的窗户和日用器具极富典雅的设计感，令我深感赞佩。主编钦定了浅白色的墙壁，按墙面尺寸定制的书架也不是廉价的装饰板，而是栎木的实木板材。

说来也巧，当时我刚好接到一份年历的订单，正兴奋难耐，欢喜得恨不得在巴黎的大街小巷手舞足蹈。

　　我去巴黎的主要目的之一，是打算前往位于蒙帕纳斯的版画工坊研修，同时探访、参观现代建筑创始人勒·柯布西耶（Le Corbusier，1887—1965）的建筑作品。

　　当时，我住在巴黎六区卢森堡公园旁的公寓里。市区的古建筑令我着迷，每天四处狂走，感觉双腿酸痛僵直。但是，巴黎的住宅实在太小了。据说，巴黎人基本只穿黑色系服装，也是因为室内没有足够的空间放置衣橱。不过，在公寓地下室，每户都配备一间可上锁的储藏室，约三叠大小，可用于存放一些不常用的物品。此外，洗衣机通常也安装在那个空间。

　　当我看到自己准备入住的五楼公寓的契约书时，着实被各种细节的规定惊着了。我请精通法语的朋友帮忙翻译了一下：

　　请勿将衣物晾晒在从屋外能看到的窗边。自深夜十一时至次日清晨六时，卫生间、淋浴间、厨房请勿

冲水（楼下住户苦不堪言）。垃圾分类后请装入院内指定的垃圾桶。乘用电梯以三人为限（设备老旧，危险）。

后来，我应邀去总编辑夫妇府上做客。那个家的整洁程度大大出乎我的意料，地板、桌子和置物架上全然不见冗余物，堪称巴黎城市生活的摹本。那以后，时不时地，我被邀请到他们家中喝红酒。不管什么时候去，房间给我的印象就两点：利落，清爽。

浴室里没有浴缸，只有淋浴。话赶话地，夫人说了句"我家没浴巾"，她说一条小毛巾就够用了。我注意到，两人的房间完全没有多余的装饰物，清净得甚至有些清寂。夫妻二人都供职于出版社，家里的藏书量相当惊人，满壁皆书，客厅和厨房算是仅余的闲散空间。橱柜上立着两个人在埃菲尔铁塔下的合影：年轻的情侣肩并肩紧挨在一起。据说，两人在冬季除了黑色大衣和黑色毛衣，并没有其他衣物。客厅里的北欧家具，也是一件件慢慢凑，足足花了两年时间才配

套备齐的。

花时间认真对待生活中的必要之物，非必需品则须断然摒除。这种简单的生活方式才是最精彩的，也是最美妙的。尽管世界上确乎存在着浴巾这种东西，但只要它的尺寸规格与自己的生活样式不符，且洗涤费工夫、晾干花时间、收纳占空间……那就注定与自己的人生无关。

细细想来，这种生活姿态与被视为日本文化美德之一的"极简生活"，有着异曲同工之妙。这也就不难理解，法国人缘何对东洋文化大加礼赞了。

可另一方面，住在巴黎的日本人，却并非如此。

我曾拜访过一位在日本航空公司工作的朋友的家，那是一栋豪气十足的现代化公寓。主人在宽敞的房屋中已生活了三十年，说是"日本地震多，所以移居到了巴黎"。

在摆放着硕大皮沙发的客厅里，排着一长溜优胜

奖杯，彰显着丈夫在巴黎日本人团组的高尔夫赛事中的辉煌战绩；一旁，则是妻子的网球奖杯，也颇醒目——真是一对健康和谐的运动型夫妇。房间一角，立着高级葡萄酒冷藏柜。

墙壁上挂着夫妇俩在法国各地的旅行照，其中一张是晒得黝黑的二人打网球的英姿。宽大的客厅里挤满了丹麦制的椅子，博物架上摆放着意大利品牌的大花瓶，各种盘子不下数十只。在宛若凡尔赛宫的天花板上，装饰着奢华的灯具。屋内杂物繁多。我被亲切地领到各个房间参观，结果哪儿都一样，全是物与物的对峙，东西跟东西在打架。

稍一留神便会发现，每间屋里肯定有两个时钟和若干纸巾盒，每面墙上必有挂历。还有一处细节，也不知为啥，每扇门的后面都放着一台迷你吸尘器，哨兵似的戳在那儿。

夫人说："回日本，最高兴的就是去百元店买买买。日本，真是太棒了。"

　一身名牌的丈夫则苦笑："在优衣库和百元店一通扫货，搞得回程时两大行李箱都塞得满满当当。"

　我借用了一下卫生间，发觉方寸之地也是固定套路：纸巾盒、挂历、垃圾桶。一样都不少。

　后来，我又拜访过几个常驻巴黎的日本朋友的家，基本大同小异：玄关处除了精致的拖鞋，一准摆着京都人偶、博多人偶或东北地区的小芥子人偶；地板上有纸箱、纸巾盒和日历，钟表则不止一只；置物架上放着老花镜、挖耳勺等小物……日本人共通的趣味、习惯、分寸感和生活动线若隐若现。虽说生活在花都巴黎，可日本人无论走到哪儿都是日本人，因为这才是适合他们的现实版身姿。

　物是回忆的宿主。无论是自购还是得赠，抑或是旅行地的纪念品，人一旦拥物在手，情愫便已寄寓其中，物也因此有了生命。

有人连小时候用过的教科书，甚至枯萎的植物盆花都舍不得扔，盖因物中寄情。对当事者来说，丢弃物品宛若切割身体的一部分，连神思也因此变得空落落的，寂寞又悲伤，有时会导致精神异常。

小时候，随着一天天的成长，人意外地能够很轻松就把那些"不再需要"的玩具、绘本处理掉。

可一旦成为大人，人也不再成长，对物品的态度马上就变成了"绝对不能扔"。这种想法如同不动声色中潜滋暗长的病毒，侵蚀着身体。

声称不能收拾房间的人，并非真的扔不了东西，而是享受被承载着回忆之物所包围的生活状态。可是，回忆本身也有所谓"泛滥危险水位"一说。一旦超过这个警戒线，人便会为记忆所困，束手束脚无法前行。因此，还是小心为妙。

最简单易行的办法是拜托他人来处理。令人意想不到的是，"老大难"工程一旦被家人或他人代为推进，有时，当事人竟连被处理掉的东西是什么都不知道。扔掉一时痛，不扔一生苦。此话须铭刻于心。

再有，我想对那些有好几台吸尘器的人家说，留一台立式小容量吸尘器就足够了，其余的尽早扔掉吧。比起吸尘器，用笤帚勤打扫，兴许效率更高。然后，念经似的反复叨唠"巴黎人无需浴巾"，那才真是"身无长物一身轻"。如此一来，日本人也会被洗脑，说不定街道上就没了电线杆，杂乱广告牌也被撤掉，从而变为视觉清爽的城市也未可知。

切莫因便宜，便毫无目的、漫不经心地胡乱购物。当我在巴黎的一个日本家庭看到一堆从百元店购入的餐垫、一个蓝色塑料滤水篮，以及置于洗碗池一隅的三角形洁具放置筐时，不由得深切感受到日本人为物所累的可悲命运。

百字专栏 重新审视厨用家电

在各种需求的催化下，形形色色的厨用家电应运而生。那个不赖，这个也蛮好……如果照这节奏——备齐，日后定有苦头吃。

当厨用家电不再被使用

厨用家电的泛滥令人心生恐惧。"不再被使用"队的代表选手有章鱼烧器具、烤面包机、电动年糕机和电动铁板烧器具等。而咖啡机、食品加工器和榨汁机，当你察觉时，它们竟然都尚未被启用过。以此为契机，重新审视一下这些家电为好。

专用功能一年能用几回

厨用家电确实方便。可是，一台机器只有一项功能，且一年中能否用上一回，着实令人生疑——如此之物，无须拥有。正当我因为占空间，想把它们处理掉的当口，却发现新款升级产品已摆在了超市的家电区。

对家电须冷眼静观

厨房不是家电的展示厅。淘汰不必要的家电可腾出多大的空间呢，对此我们须冷眼静观。对于只要插上电源插头便可使用家电的便利环境，我们该心怀感念，因为电力并非无限的资源。

死后的收拾

"死后的事情，还是死后再考虑更好。"——当我在宇野千代的书中与这样的文字相遇时，感觉自己一下子被点醒了。

人活到一定的年龄，总会思虑父母和自己的家庭日后该作何安排，至死才能彻底摆脱此种烦恼。谁都希望能把家收拾得干净利落，再安静地前往另一个世界。然而，正如没有真正意义上的圆满家庭和悠然自得的人生一样，即使你生前已将一切收拾停当，死后依然会给许多人增添负担。宇野的话，可以说是对这种"了悟"之境直言不讳的表达。

妻子的娘家在国立市，现在家中已无人居住。一旦家里没了人的气息，房子会迅速朽坏，庭院会日渐荒芜，如此下去，势必变成废墟。

妻子的父亲在临近七十岁时去世，而她的母亲在

我们家附近的养老院中生活了大概五年后，以九十四岁的高龄永眠。

因家中无人居住，庭院里的藤蔓一副"我的世界我做主"的姿态，开始肆意蔓延，逐渐覆盖住宅。我的儿子是园艺师，一年中总会去上那么两三回，除草、剪枝、整理庭院，然后用小卡车把清理出的小山般的枯枝败叶处理掉。然而，从梅雨季开始，直至整个夏天，藤蔓又会疯长，居然能顺着护窗板的缝隙悄然潜行，就跟生了手足的生物似的，甚至撬开玻璃窗，悍然入侵二层的榻榻米房间。

妻子的双亲都是教育工作者，长期担任小学教职，留下了相当规模的藏书。此外，妻弟的部分藏书也留存在那里。他是大学教授，专业是教育学。书上积了一层灰，一翻开就呛得人直咳嗽。

没了主人的家，会随着玄关开合频率的骤减，顿失生气。而呼吸一停，连各个房间的门也难以顺利打开。

住宅和人体的关节一样，一旦不活动，就像断了油供的机器，锈迹斑斑，功能坏死。

坚韧且富有行动力的妻子，一到休息日，便回娘家开门窗、换空气，在院子里除草，处理那些不再用的被褥和床单，挥汗如雨。这年头，就算能处置掉老家留下的地皮，所得也不过尔尔。因此，比起打包出售，选择捐赠土地的人越来越多，这也算是情理之中吧。

不知为何，我周围很少有人能圆满解决父母遗产的继承问题。我自己家也不例外，父母过世后，围绕老家的处理问题，兄弟姐妹悉数卷入，甚至有人被遗产冲昏了头脑，彼此间的怨恨不断加深。纵有律师从中调解，纠纷却未能止息。从此以后，我与大姐的关系渐渐疏远。此事更让我认识到，最不缺钱的人反而对钱最迷恋。

人连扔掉一双鞋、一件衣都会烦恼不已，更别说

操持父母的葬礼、清理他们住过的房屋以及妥善处置土地了，那往往需要好几年的时间，真叫人身心疲惫。与此同时，兄弟阋墙、纷争不绝，更有甚者以卧病在床收场。

这是很多人的经验之谈：如果不把家归置利落，不久，老一辈中剩下的人和孩子们便会因遗产处理问题而起争执，所以收拾要趁早。但说归说，若能看到并理解大型衣橱、破损的榻榻米以及房屋和土地，这些压在身上的担子有多重，也就知道最终也只能委托专业人士来处理了，实在是没法子。

至于那个"不久"，到底何时突然冒头，谁都无从知晓。与其束手等待，不如先打开窗户，清扫眼前积存的灰尘，擦去污垢，扔掉满地散乱淤积的杂物。如此一来，不仅心情大好，面向未来的决断力也随之涌动而出，何乐而不为呢？

随着年纪渐长，我认为是时候改变一下自己的思路了：对从微不足道的小东西，到人生回忆的承载物，无一不攒且永不处理的老伴，我从今以后绝口不再提"收拾"。为这事，我们不知吵了多少年，我甚至一度被老伴撂过狠话："够了。要是还爱我，就赶快去死吧。"

斗气的话，倒让我忆起妻子娘家二楼宽敞的榻榻米房间。

学生时代，和她初次见面，我就晕晕乎乎不明所以地爱上了她。尽管自己还在读书，可每次见面我必喝酒，自斟自饮，嗨得不行。本该在晚饭前就到家的她，渐渐变成搭乘末班电车回家，让父母担心自不待言。一天，她对我说，她的父母想要见我一面。说话时一脸为难，都快哭了。

国立车站标志性的三角大屋顶异常醒目。某个夏日，我和骑单车赶来的她在车站检票口会合。然后，

她推着自行车，我们一起往家走。宽阔的大学路旁，樱树叶蓊蓊郁郁的。

"我爸特别讨厌烟味，在我家可不能抽烟。"她小声提醒道。我注意到她的自行车上贴着标签，上书一行小字，写着她的名字和真实住址。那时的国立市，还有成片的杂木林，蓝鹊成群地飞过，像河水流过天空。

我们原本已约好不久就结婚，但此刻我却被告知：这事先别说。她怕说了父母会担心。

推开高高石墙的门扉，我被领到二楼。身穿和服的双亲与一身学生装的弟弟，已经正襟危坐于和室榻榻米上，等着我们。

父亲开口道："最近，这孩子每天都很晚才回家，让我们非常担心。"他说有天晚上，和儿子一起去了好几趟车站，满脑子胡思乱想的，唯恐女儿出什么事，最后希望我暂停和女儿的交往，说完便陷入沉默。

父亲的语气透着严厉。我只能低垂着头，死盯着眼前榻榻米接缝处的包边，眼泪滴答落下。回家的路上，我揉着已经麻了的腿，和推着自行车的她一起朝车站走，感觉浑身无力，精疲力竭。

"虽然暂时不能像以前那样时常见面，我还是会给你写信的，放心吧。"她微笑着和我在检票口道别，"今天大老远地专程跑一趟，谢谢啦。辛苦你了。"我检过票，若无其事地回头一看，她还在冲我轻轻地摆着手。平日里常穿的那条绿色半袖连衣裙，和可爱的她格外搭。

几年后，我再度去她家，恳请她的父母答应我们的婚事。这次，我和家父一同前往。上了二楼，又一次迈进那间和室。她的父母恐怕一直悬着心，但最终还是因女儿的坚持打消了顾虑。这回，老爹爽朗地笑着说："请二位和睦相处，好好过日子吧。"

我、家父和推着自行车的她，三人在暮色中缓步走下坡道，远处的富士山依稀可见。

女儿出生时，岳父岳母大喜过望。我们每次带孩子过去，都在车站前的餐馆聚餐。看着孙女在榻榻米房间拽着纸拉门趔趔趄趄迈步的样子，两位老人喜笑颜开。当年小孩子恶作剧，在窗格子上弄出的伤痕，至今仍隐约可见。

岳父岳母为教育奉献了一生，也把孩子们培养得极为率真。到了晚年，含饴弄孙便成了他们的人生意义。能与为人认真的岳父岳母养育出的她结婚，我感到非常幸福，也很感恩。

二楼和室的榻榻米已经更换过无数回。包括那间房在内的这栋建筑连同土地，将很快被处理掉。对我而言，与一个充满了人生回忆的场所道别，那疼痛是撕心裂肺的。但是，不如此，生活将无法前行。

　　余生不可期，也不可知。近来，我深切地感受到，有份能让人一大早就开始画画的工作，可真不赖。

　　窃以为，就算去了天堂，我也会四处转悠，不把身边拾掇得清爽利落决不罢休。至于老伴嘛，一准会跟她的新朋友在花田里开心玩耍，笑靥如花。

后记

我想让收拾成为一种习惯。每天早上一起床，我会先做一套自己发明的章鱼操：模仿章鱼的动作，让身体一点不较劲地上下、左右慢慢摆动，看上去软绵绵的，似关节脱臼一般。整套操做完约需五分钟。然后，喝杯白开水，开始整理工作台。将前一晚随意散放的资料书插回书架，将红茶马克杯放回厨房，再用一块拧干水的抹布擦拭桌面。

收拾需速战速决，而且要有一定的强制性，否则容易磨磨蹭蹭，半途而废。譬如，"今天得整理袜子"，那就给自己施压，耐着性子说干就干，哪怕只干十分钟也行。

一旦养成了收拾的习惯，你将尽享健康与安心，收获一份老来的欣悦，总之尽是好事。我希望老头子们不要头脑一热才起身收拾，应以收拾为中心，把习惯升级为爱好。不过，打扫的过程中尽量别弄出声响，莫大呼小叫，以免遭受家人嫌弃，安安静静地专心干就是了。

收拾，才是唯一的生存之道。

二十多年前，谷川俊太郎在他位于杉并区的宅邸举行了一场派对，我也忝列其中。那正是谷川先生和佐野洋子女士婚后不久，虽恬淡如水却备感幸福的时期。

我二十多岁认识佐野女士时，尚在童书出版社供职，后被她一句"你也试着画画"所激励，成了插画家。然后，我向她介绍《书的杂志》，结果佐野女士就此出道，成了作家。

我们两家住得很近。我常开车带着我的大型吸尘器去佐野位于多摩的家，帮她收拾屋子、擦玻璃。晚餐一准是顿寿喜烧，聊得尽了兴，然后回家。

及至谷川和佐野结婚，我原样照搬，不过这回是"移师"谷川家，帮忙扫除、更换纸拉门上的和纸什么的，该流汗继续流汗。一次，适逢茨木则子女士来谷川家做客，我竟被女诗人打趣道："泽野先生，我家也拜托你了。"

岁月倏忽，佐野洋子女士驾鹤西去后，我开始了与她的儿子广濑弦的交往。弦君擅长用类似点画法的线条和面来描绘动物，栩栩如生，在绘本和童书领域异常活跃。

弦君继承了佐野女士在北轻井泽的别墅，在那儿蛰居，潜心作画。用他的话说，人在东京，友多酒密，没法埋头创作。他的画室出乎意料地井然有序，真正契合了所谓"创作泉涌"的氛围。

与佐野洋子、谷川俊太郎及广濑弦的相识，让我领悟到"活法"的精髓。三人最精彩的一致性，就是"不为物所累"。

当我开门见山地请求谷川俊太郎先生为本书写条推荐语时，收到了他简短的回复："好呀。"那一刻，老头我手握抹布的劳作，算是在这里结了果。

谷川家的藏书少得令人吃惊，而房间又多，显得空荡荡的，为寂静所包裹。偌大的客厅中，摆着不少收音机，都是从海外收购的趣味珍藏，像画廊布展似的一字排开。

后来，兴许是动了某种念想吧，据说连那些藏品也没了，悉数捐赠给了京都某所大学。

诗人看上去相当满足。

二〇二〇年

泽野公

明室
Lucida

照亮阅读的人

主　　编　陈希颖
副主编　赵　磊
策划编辑　陈希颖
特约编辑　刘麦琪
营销编辑　崔晓敏　张晓恒　刘鼎钰
设计总监　山　川
装帧设计　山川制本 workshop
责任印制　耿云龙
内文制作　丝　工
插画字体　刘鼎钰

版权咨询、商务合作：contact@lucidabooks.com

上海光之室文化传播有限公司　　Shanghai Lucidabooks Co., Ltd.

图书在版编目（CIP）数据

老头我，负责收拾一切 /（日）泽野公著；小蛮译 .
北京：北京联合出版公司，2025. 2. -- ISBN 978-7
-5596-7526-2

Ⅰ . I313.65

中国国家版本馆 CIP 数据核字第 20246FX753 号

老头我，负责收拾一切

作　　者：[日]泽野公
译　　者：小　蛮
出 品 人：赵红仕
策划机构：明　室
策划编辑：陈希颖
特约策划：刘　柠
特约编辑：刘麦琪
责任编辑：龚　将
装帧设计：山川制本 workshop

北京联合出版公司出版
（北京市西城区德外大街 83 号楼 9 层　　100088）
北京联合天畅文化传播公司发行
北京市十月印刷有限公司印刷　新华书店经销
字数 78 千字　787 毫米 ×1092 毫米　1/32　6.25 印张
2025 年 2 月第 1 版　2025 年 2 月第 1 次印刷
ISBN 978-7-5596-7526-2
定价：49.80 元